比较文学与跨文化研究

Comparative Literature and Transcultural Studies

第 5 卷　第 1 期　2021 年 6 月　　　　　　　　　　　　　　　　　　　　目　录

名家评论

评张炜近作及其风格 ……………………………………………………… 陈众议　1

有关张炜《刺猬歌》小说语言特点的翻译初探 ………………………… 袁海旺　7

精神的执火者——论张炜的文学观 ……………………………………… 栾梅健　19

文本透视

"草木有本心，何求美人折"——从《艾约堡秘史》看张炜的文化转向 ………… 邱　田　29

大物时代的天真诗人和孤独梦想家——张炜引论 ……………………… 赵月斌　36

诗境的仰望：张炜的诗性写作思想——从张炜演讲辞谈起 …………… 张　馨　47

野性·伤痛·回归——《九月寓言》中的土地共同体书写 …………… 黄佳伟　56

张炜的时代误诊病例——论《艾约堡秘史》中的荒凉病 ……………… 赵京强　61

人物分析

心归何处——《艾约堡秘史》中淳于宝册形象 ………………………… 李晓燕　71

现代与传统之间的精神探寻——张炜小说的人物塑造与人类学语境 ………… 王雪瑛　79

论坛

张炜作品国际学术研讨会暨第二届中国文学国际传播上海交大论坛综述 ………… 赵思琪　85

English Abstracts ………………………………………………………………… 89

评张炜近作及其风格

陈众议[1]　（中国社科院大学人文学院，北京 102488）

© 2021　比较文学与跨文化研究，1–6 页

内容提要：张炜的小说风格堪称一以贯之。这在经典作家，尤其是当代经典作家中极为罕见。这是一种对中文，尤其是对优美、中正的语言传统的坚韧守护，也是对优秀、伟大的文学传统的坚定拥抱。它貌似保守，却充满了应人应时应事之宜，内容与形式、机巧与风格水乳交融。这是一种创造性继承和创新性发展。而他最近两部长篇小说无疑是对其风格和文学生涯的极佳注解。

关键字：风格　传统　创新

我认识张炜是在20世纪80年代初。当时我从美洲游学归来，连做梦都是一腔洋文，对中文母语的饥渴可想而知。但遗憾的是国人正言必称西方，现代派风生水起。小说界更是实验至上，冗长的句式、稀奇的结构，以及意识流和魔幻现实主义成为时尚。这自然无可厚非。环境使然，各种作用力和反作用力犹如量子纠缠，在改革开放伊始的中国文坛上演了光怪陆离、惊心动魄的机巧革命。

而同样是在当时，张炜以其震撼的定力推敲着他的语言文字。那是从经史子集和现实生活中冶炼、萃取、擢升的文学语言，每一篇都可以进入语文教科书。老实说，我认识其作品远早于其人。

从风格的角度看，张炜的小说堪称一以贯之，这在经典作家，尤其是当代经典作家中极为罕见。谓他以不变应万变固可，说他执拗、坚定亦无不可。人说他是在用生命写作。是的，他不仅用生命，而且用心。用心，这是我们从小听得最多的告诫。但真正用心做事，并且始终用心做一件事乃是圣贤所为。

我第一次读他的小说是在1982年。是年，最早进入我视阈并至今一次次令我回味的是他的获

奖小说《声音》。在那个年代，获得全国小说奖意味着被定于一尊。但我并非因为奖项而关注张炜，而实实地关注他的小说本身。那是一篇清新质朴，透着淡淡的忧伤，且多少有点"传统"的小说。当然，这个"传统"是要加引号的。那是一种对中文，尤其是中国文学语言审美传统的虔信与持守。而他最近两部长篇小说是对其风格和文学生涯的极佳注解。然而，正因为"传统"，它深深地打动了我这个远游归来的浪子。

一

关于中文，我们对钱锺书夫妇谢绝民国政府（教育部长杭立武）的邀请，毅然决然地留在大陆的事耳熟能详。钱锺书在不同时期、不同场合也曾明确表示，他们伉俪之所以不去台湾，主要是为了中文。[2] 这听起来有点像托词，但深长思之，委实不无道理。

故友柏杨先生在《中国人史纲》中心有灵犀，尽管他笔锋一转，把相当的注意力集中在了农耕文化及中华民族对土地的依恋上。[3] 而张炜的小说正是对中华文字与文化的完美概括和艺术呈现。在现当代中国文坛，也许只有极少数几个作家堪

---

[1] 陈众议，中国社会科学院外国文学研究所研究员，中国社会科学院学部委员。
[2] 杨绛：《我们仨》，三联书店，2003年，第122页。
[3] 柏杨：《中国人史纲》，人民文学出版社，2011年。

与媲美，譬如已经作古的汪曾祺先生，遗憾的是汪先生作品不多。

> 作为声名显赫的季府主人，我对这个身份已经有点心不在焉了。但自己是半岛和整个江北唯一的独药师传人，背负着沉重的使命和荣誉。在至少一百多年的时光中，季府不知挽救和援助了多少生命。在追求长生的诱惑下，下到贩夫走卒上到达官贵人，无不向往这个辉煌的门第，渴望获得府邸主人的青睐。[1]

这是小说《独药师》第一章篇首第一节。长生不老是秦始皇及其之前和之后无数君王的梦想与追求。就像博尔赫斯所说的那样，长城是为了冻结空间，焚书是为了冻结时间。而张炜在这等亘古不绝，又开天辟地般长生梦的背后，展示了两条现实而永恒的线索：爱情和革命。

当然，《独药师》的深意不仅于此。在几乎完全受资本和技术理性制导的人类（通过生物工程和基因编码）正一步步实现长生梦、走近长生殿的今天，伦理问题正一日千里地凸现出来并成为人类正在和即将面临的最大课题。人类长生梦想背后的贪婪，无论是对无限生命还是无限财富的觊觎都是我们必须面对的首要问题。

正是在这样的宏阔背景下，张炜演绎了百年前中国胶东半岛的一场史无前例的革命和爱情，而其中的主人公恰恰是"长生不老药"的独家传人季昨非。"今日非昨日，明日异今日"，而季昨非却执着地"继昨非"。这个故事仿佛超前感知了耸人听闻的基因编码修改，其艺术预见性能不令人肃然？

然而，这里要说的是张炜的风格，即他演绎这个伟大故事的方法和机巧。说风格是作者相对稳定的标记和指纹固可，谓其艺术DNA亦无不妥。

刘勰在《文心雕龙》中对风格有过细致入微的洞识和阐发，在此不妨撷取一二作为依傍。刘勰在《体性》中对风格进行了双向界定：体即体征，性即性情；至于《定势》《才略》《风骨》《时序》等，则是前者的外延或补充。时至今日，如此做法似乎有些老套、有些传统，但我要的正是这个老套和传统，即或不能像张炜这样创造性转化、创新性发展，它也至少有裨于温故知新。众所周知，文学是加法，是无数"这一个"的叠加和延续，它不像科技，不能用时兴方法简单否定过去，反之亦然。纷纷攘攘的形式主义、新批评、叙事学、符号学或结构主义、后结构主义，再或性别、身份、身体、变易、空间、环境，等等，固有助于批评的一隅半方，但无论哪一种都不能统摄作家作品全貌。总之，在经历了现代主义的标新立异和后现代主义的解构风潮之后，在各种思潮、各种方法杂然纷呈的情况下，如何言之有物、言之成理、不炒冷饭，殊是不易。反过来看，正因为文化相对主义的盛行和批评方法的多元发散，才有了批评家展示立场、发表独立见解、运用独特方法的特殊理由和广阔余地。举个简单的例子，解构主义针对二元论的颠覆虽然是形而上学的，却不可谓不彻底，在思辨意义上也不可谓不深刻。其结果便是相当一部分学者怀疑甚至放弃了二元思维。但事实上二元思维不仅难以消解，而且过去是、现在是、乃至在可以想见的未来仍将是人类思维的主要方法。真假、善恶、美丑、你我、男女、东方和西方等等实际存在，并将继续存在。与此同时，作为中国学者，面对西方话语，我们并非无话可说。总之，从文学出发，关心小我与大我、外力与内因、形式与内容、情节与观念，乃至物质与精神、肉体与灵魂、西方与东方等诸如此类的二元问题，依然可以是批评的着力点和着眼点。当然，二元论决不是排中律，而是在辩证法的基础上融会二元关系及二元之间蕴藏的丰富内涵和无限可能性。风格论便是其中之一。它既不耽于宽泛的主义，又可有效规避在细枝末节中钻牛角尖。它是直面作家"体性"和作品机巧的一种古老并历久弥新的方法，譬如我们说一个人的气质如何。在我看来，这对于解读张炜、接近张炜最好不过。

---

[1] 张炜：《独药师》，人民文学出版社，2016年，第4页。

且说张炜在独药的驱动下一步步深入革命和爱情：藉革命深化爱情，藉爱情支持革命。这其中风格起到了关键作用，同时作品反过来验证了前者的有效性和独特性。季昨非原本只是季府的一个传人，一个虚无缥缈的"长生不老药"的独家传人。如果没有辛亥革命，他的一生可能会像无数炼丹术士那样虚妄地度过；同样，如果没有洋医院护士文贝（或者文学贝贝？）的出现，那么他的一生可能是又一个革命者燃烧的历程。但是，革命和爱情在小说中美妙地融为一体，而独药充当了其中药引似的黏合剂。这是作家的高明之处，人物也只有在革命和爱情的矛盾中才能达到人格呈现、性格塑造，其艺术的完满程度无与伦比。季昨非-陶文贝-雅西之间若隐若现的情感纠葛，以及季昨非-陶文贝-朱兰之间若有若无的三角关系，一步步推进、一丝丝缠绕，使得小说具有难得的磁性与巨大的张力。

但是，张炜就是张炜，一如早年的《声音》，他见好就收，点到为止，决不滥情，也无意将笔墨浪费在大可留待读者想象的空间。行当所行，止当所止，留下了一个巨大的悬念和令人百感交集的尾声：革命的继续、情人的分离！

《艾约堡秘史》亦是如此。淳于宝册在蛹儿和民俗学家欧驼兰之间的情感游走，以及公司利益与环境保护之间的矛盾关系，交错缠绕，紧张复杂，可谓既回肠荡气，又丝丝入扣。但最后依然是令人唏嘘的淡淡忧伤：没有结果的结果。彷佛《声音》中的二兰子和使她情窦初开的小伙子之间那看不见、摸不着，却分明存在的联系：声音，他们发自内心的山歌以及山歌在森林之中的悠长回响。

再说文字，张炜像八级钳工面对每一个螺丝钉那样推敲文学语言。我自以为够挑剔，却几乎始终未能在他的作品中发现文字上或句法上的疏漏。众所周知，在当下长篇小说年产量逾万部、网络长篇小说逾二百万部的时代，语言文字越来越成为考量一个作家定力和水准的标尺。《独药师》中，他用的是早期白话文，但经锤炼，也已然是一种端方中正、游刃有余的现代白话文，毫无艰涩感和《水浒》腔。而《艾约堡秘史》却是十分工整的当代中文。这两种文字互有交叉和包容，句法的一致性和对胶东半岛方言的取舍有度更是令人称奇。譬如季昨非在表达对文贝的爱怜时，会称她"心中的小羊"（张炜，2016：282）或"足月小样儿"（张炜，2016：336），等等。又譬如淳于宝册对"哎哟"（哀号=求饶）的阐释，或者半岛渔村的老人对"二姑娘"传说的演绎，以及"嘎乎"（张炜，2018：254）之类的用语。但张炜始终非常节制。同时，他的语言充满了"不经意"的移情、比喻、对仗或排偶，如："那是一簇鼓胀的蓓蕾"，"满树桐花即将怒放"；（张炜，2016：334）又如："单薄的夏装色彩明丽式样新颖，再好不过地传递出那时的心情"，"她在陌生而巨大的堡中不无忐忑地行走时，第一个恼人的秋天已经到来"；（张炜，2018：52）"他收敛了笑容"，"她张大了嘴巴"；（张炜，2018：56）再如吴沙原："可惜她一直独身"，淳于宝册："大美，就该属于所有人"，（张炜，2018：253）如此等等，不胜枚举。

二

很多年前，我写过一则寓言：有位青年（当然也可以是少年），住在遥远的山村，一天他突发奇想，要闯荡世界。多年以后，经过一番周游与颠沛，他风尘仆仆地回到了原点。乡亲们见他一脸风霜且什么也没有带回来，就讥嘲他："既有今日，何必当初？"已经不那么年轻的年轻人反唇相讥："你们不知道我见了多少，变了多少！"乡亲们于是嘲笑说："可不？老了。"年轻人淡然一笑，诘问道："那你们呢？彼此看到了什么？彼此之外又看到了什么？"乡亲们面面相觑，不知作何回答。这则姑且叫做《浪子》的寓言是我上世纪返城之后再下乡时撷取的点点记忆，年轻人所说的"多少"，既有价值观照，也有审美指涉。而流行的手机或网络笑谈则假借民工之口反其道而行之，谓："我们好不容易进城，你们却要下乡；我们好不容易吃上白米，你们却爱上了杂粮……。"

所谓文学是人学，抑或风格即人，凡此种种

从创作对象和创作主体道出了文学的重要面向，但说法过于笼统宽泛。而我所说的风格则不然，它除了从机巧出发考量主义之外的作家语言特征，大抵还应关注其性情。后者渗透于文字之中，又每每上升为审美对象，是作者赖以展示文采、抒发情感、呈现心性的主要介质、主要载体。

曾几何时，钱锺书、杨绛伉俪用一个字来概括"鲁郭茅""巴老曹"等。我记得他们用一个"挤"概括鲁迅，说鲁迅的作品是挤出来的；用一个"唱"字概括郭沫若，说郭沫若的作品是唱出来的；用一个"做"字概括朱自清，说朱自清的文章是做出来的；用一个"说"字概括巴金，谓巴金的作品是说出来的；而这里的"挤""唱""做""说"就是风格。至于"挤"出了什么，"唱"出了什么，"做"出了什么，"说"出了什么，则是后话或可忽略的意义。

我曾经试图用一个"醒"字来概括张炜。醒即清醒，而他端方中正的人品文品是其独特的内涵与外延、风格与表征。

曾几何时，我等满腔热血，信誓旦旦，立志扎根农村干革命；可转眼之间，清山绿水变成了"穷山恶水"，学习对象也被疲惫的内心贬作了"老土"和"刁民"。希望的田野不再是希望所在，美丽与噩梦的界线迅速混淆。但是，当我们真的远离了曾经于斯的土地，那土地也便梦牵魂绕般神奇和伟大起来。这就是感情，这就是乡情！张炜的作品恰恰与此有关。我之所以要不断重读这些作品，并顺道推荐给重情重义之人，恰恰是兴之所至，而非工作需要。习惯使然，除工作必须之外，我尽量让自己的阅读不追风、不从众。与此同时，作为中华民族传统文化的重要情感基点，乡土犹在，但乡情却正在离我们远去。而乡情或故土意识的形成显然与我们几千年来的社会经济发展方式有关。从最根本的经济基础看，中华民族是农业民族。中华民族故而历来崇尚"男耕女织""自力更生"。由此，相对稳定、自足的"桃花源"式小农经济和自足自给的自耕农生活被绝大多数人当作理想境界。正因为如此，世界上没有第二个民族像中华民族这么依恋故乡和土地。反观我们的文学，最撩人心弦、动人心魄的莫过于思乡之作。"昔我往矣，杨柳依依；今我来思，雨雪霏霏"（《诗经》），乡思乡愁连绵数千年而不绝，其精美程度无与伦比。如今，欧洲、美洲、非洲、大洋洲及我们所在的亚洲，都曾经历或正在经历奈斯比特、托夫勒等人所说的第三次浪潮。眨眼之间，以人工智能和基因工程为标志的第四次浪潮也已经滚滚而来、势不可挡。

一如《独药师》的献词："谨将此书，献给那些倔强的心灵"。我持久关注鲁尔福、阿格达斯、马尔克斯、吉马朗埃斯、阿斯图里亚斯等一系列拉美"乡土"作家，以及张炜、莫言、贾平凹、陈忠实、阎连科，直至季奥诺、哈代、托尔斯泰和塞万提斯等一干广义的乡土作家。是他们的作品重新点燃了我情感世界至深的一隅。于是我从他们的怀旧中看到了倔强，从他们的倔强中看到了崇高。远的不说，石湾称张炜为愚公。他是有道理的。但这还不够完全，盖因张炜是从《古船》里的李家人、赵家人和隋家人蜕变而成的，他既是宁伽（《你在高原》），也是季昨非和淳于宝册，是他们之和，又高于他们之和。帕斯说，"只有浪子才谈得上回头"，奇怪的是张炜似乎从来就不曾离开过他的"高原"，他的这个有形无形的故乡。这正是他的清醒，他的不同凡响。

作为上世纪50年代出生的作家，他有这一代人共同的特征，但又分明超越了这些特征。虽不能说他历尽坎坷、尝遍艰辛，却至少算得上曾经沧桑，故而他无虞文学资源。浩浩数千万字从他笔端倾泻出来，从儿童文学到诗歌、散文、传记和小说，汇成一条大河，垒成一个高原。他在原上说："大美，就该属于所有人"。

反之，那些一味地面壁虚构或哗众取宠或无病呻吟或大呼小叫地搞怪或哼哼唧唧地自恋写家，难道不觉得汗颜吗？然而，问题是资本对世界的一元化统治已属既成事实。传统意义上的故土乡情、家国道义正在加速淡出我们的生活，麦当劳和肯德基，或者还有怪兽和僵尸、哈利波特和变形金刚正在成为全球孩童的共同记忆。年轻一代的价值观和审美取向正在令人绝望地全球趋同。四海为家、全球一村正在向我们逼近；城市一体化、乡村空心化趋势不可逆转。传统定义上的民族意识正在消亡。这不由得让我想起鲁尔福笔下的万户萧疏，想起了马尔克斯的童年记忆是如何褪色发黄枯萎成老弱病残和满目萧瑟的。正所谓"春江水暖鸭先知"，与美国毗邻的拉丁美洲作家的敏感和抵抗令人感佩。所谓的"中等收入陷阱"也是华尔街一手炮制的。如今，他们的持守和担忧正在发展中国家产生新的共鸣，我国文坛关乎全球化与民族化的争论则已露端倪。换言之，人类命运共同体同心圆背后的圆与心的问题已然显现。而我的问题是：圆够大，心安在？

遥想当年约翰逊博士与布莱克之争，再看看我们的实际情况。"较之于城市文明，乡村文明的某些价值与审美的确更加持久"[1]，两者之间毕竟是几十年同几千年的差别。同样，农村才是中华民族赖以衍生的土壤，盖因我们刚刚还是农民，何况我们半数以上或近半数的同胞至今仍是农民，更何况这方养育我们及我们伟大文明的土地正面临不可逆转的城市化、现代化进程的消解。转眼之间，我们已经失去了"家书抵万金""逢人说故乡"的情愫，而且必将失去"月是故乡明"的感情归属和"叶落归根"的终极依恋。

正因为如此，乡情乡愁依然是维系民族认同的无形介质和精神纽带。正因为如此，即使近40年前的《声音》，至今读来仍余音绕梁。问题是：我们已经走得很远，以至于忘却了出发的地方。而张炜却始终没有离开他生于斯长于斯的土地，也没有离开他历久弥新，又纯正端方的中文。这也许就是张炜的不同。

在一日千里的现代史和城市化进程中，张炜在近作中瞄准了两大主题：情与欲。情无须解析，但它不仅仅是爱情；而欲却是轰轰烈烈的革命与开发。可喜的是张炜笔下的主要人物并未被欲望和疯狂完全吞噬。除了作为悬念或尾声的"分别""放弃"等正面描写，无论是《独药师》中的季昨非和陶文贝，还是《艾约堡秘史》中的淳于宝册和蛹儿，都是极丰满、极多面，也极令人同情和爱怜的。

> 朱兰对她（陶文贝——引者注）喜欢极了。可是在离开前她（陶文贝——引者注）突然说："我觉得你和季昨非老爷真是天生的一对，你们太应该在一起了。"朱兰当时吓坏了，惊得脸色都变了，好不容易才镇静下来说："我是府里的下人，发誓做个居士，一辈子不嫁。在我眼里您早该是府里的太太，我会待您和他一样，这样一辈子……"陶文贝没等她说完就打断："你和我只会是姐妹，而永远不会是太太和仆人……"（张炜，2016：282）

这番对话发生在深爱着同一个男人的两个女人之间。在这之前，朱兰拗不过主人，已经以身相许。在这之后，陶文贝也投入了季昨非的怀抱。张炜展示了他作为艺术家的浪漫和他对人性的洞识。但是，书中的所有人物，无论季府内外，无论是敌是友还是竞争对手，都表现出了对季昨非的尊重与包容。这既是他作为独药师和开明人士的一种"特权"，也是张炜赋予人物的一种慈悲。

> 蛹儿帮他（淳于宝册——引者注）细细地收拾零碎物品。罐头、防叮药膏、维生素丸，还有那本情诗。她不愿他独自成行，提出让秘书白金跟随……他拍拍她。
> ……
> 他想象见面的一刻：她（欧驼兰——引者注）会以为这是一种巧合，真的，一个大老板春天里无所事事，游兴大发，来参加"开海节"了，不愧是个奋起直追的民俗爱好者！"啊，幸会幸会，您来了，真是让人高兴了！"他们互致问候，一次美妙的邂逅就开始了。[2]

奇崛的是蛹儿这个也曾被淳于宝册追求过、稀罕过的美人儿，居然心甘情愿地看着心爱的男人、她的情人和老板去一往直前地追求另一个女

---

[1] Johnson, S.: *Johnson on Shakespeare*, London: Oxford University Press, 1908, p.11.
[2] 张炜：《艾约堡秘史》，湖南文艺出版社，2018年，第280~281页。

子——来自北京（而且是"社科院"）的民俗学家欧驼兰。

作为读者，我以为理由还是那个理由。问题是，张炜兄何以如此？除了用机巧一步步推演得合情合理，那男人的多情，女人的仁厚，难道不是作者（作为男性作者）刻意布排的吗？他除了让我想起曹雪芹，也让我想起了蒲松龄。前者总是那么怜香惜玉，把十二正册写成仙女，而把多数男人写得不堪；后者却总是让如花是玉的女鬼爱上书生。有人不明就里，殊不知"书"本就是书生所作。

然而，张炜走的是不同的路径，他的人物不仅有现实基础，有生活蓝本，而且大可与善良和怜悯对位。季昨非从小荣华富贵、养尊处优，甚至还是个出没于花街柳巷的花花公子，却因为革命和爱情逐渐改变，甚至不惜牺牲所有，尽管结果没有结果。小说留白之处也恰恰是点睛之笔。读者扼腕叹息吧！久久深思吧！同样，淳于宝册历尽艰辛，当过童工、做过乞丐，最终用财富锁住了爱情，但最终的最终却因为更大的怀想：环境、传统（民俗）和可望而不可即的飘渺爱情放弃了财富？这是《艾约堡秘史》有意搁置的一段秘史。因此，淳于宝册何去何从我们不得而知，却委实令人唏嘘慨叹。

篇幅所限，作为结语，我想说的是张炜的风格是一种如盐入水，化于无形的不动声色和自然而然：连远近观照、新旧交错都丝毫不给人以牵强突兀的感觉。因为他的文字是那么规正而又充满个性（除了规正，后者由节制的方言和应人应时应事的描写呈现出来）。譬如人物造型既有直描，如"蛹儿又一次低估了自己的风骚……生生造就了一种致命的弧度和隆起"；也有侧勾，如"这是一个令无数人滋生愤怒的部位"（张炜，2018：1）以及淳于宝册和无数人等对她的心饥与眼渴。而陶文贝在季昨非眼里，完全是仙女下凡，她既有东方美女的神韵，又有西方美人的气质。"我不由得将她的神态与步履、她的目光里的丰富蕴含和秀美绝俗的姿容做统一观，推测出一个紧实而圆润的形体中，必定跃动着一颗柔然善良的心。"（张炜，2016：145）由兹可见，作家尤其关注女性的身材和气韵，而后才是五官和言语，并且绝不铺张、绝不滥情。这些又每每与张炜小说的结构、节奏、句式等融会贯通，展示出当代作家罕有的细致和大器、节制和张力。

有关张炜《刺猬歌》小说语言特点的翻译初探

袁海旺[1] （西肯塔基大学，南开大学客座教授）

摘要：张炜先生的小说《刺猬歌》是一部寓言性的杰作，宛如一幅宏伟的画卷，展示出中国在过去一个世纪中，尤其是过去几十年中，发生的历史变迁。该书作者通过对形形色色的人物、动物，以及动物的精灵等生动而又细腻的描写，激发起读者的阅读兴趣，肯于与作者一起反思人类所从事的活动，诸如战争，革命，政治动荡和经济发展等，对自然环境和人类本身的深刻影响。对人的影响，涉及了人类与自然、人类与人类、人类与自己内心等的各种错综复杂的关系。张炜先生的文学杰作，是他30年思考的结晶。本文仅论及《刺猬歌》的语言特点及其翻译。《刺猬歌》的特点是，"奔放雄奇，却不乏精致细腻；既充满山摇地撼之力，又饱含着柳丝花朵的柔情"[2]。而且语言精确，可说是诗情画意。此外，善于利用方言，色彩浓郁，别具一格，为作者创造的每一个人类和动物角色，都注入了鲜活的生命。如何在翻译这部杰作时，忠实地将其文学美感传达给不太熟悉中国语言和文化的英语读者群，是一个巨大的挑战。本文试图用翻译的动态功能和解释学等翻译理论初步探讨一下自己在翻译张炜先生的《刺猬歌》一书过程中发现和解决或未解决的问题，以促进对张炜作品的翻译和海外传播的研究。

关键字：张炜 《刺猬歌》 语言特点 翻译实践 翻译理论

1. A brief introduction to *A Hedgehog's Song*

A Hedgehog's Song, a novel written by Mr. Zhang Wei, associate chair of the Chinese Writers' Association and former chair of the Shandong Writers' Association, is a masterpiece of three decades in the making. The allegorical plot begins with a violent husband called Liao Mai assaulting his submissive wife Mei Di, allegedly a daughter of a hedgehog spirit. The entire story is based on their tumultuous love affair involving a third party, namely Tang Tong, CEO of the Tiantong Group, son of Tang Laotuo, a former mounted bandit and head of the then village and now a town of Jiwo. The domestic violence emanates from Liao Mai's suspicion of a dubious relationship between his wife Mei Di and Tang Tong, accusing her, as he did with their daughter Beibei, of selling themselves to the man.

After Tang Laotuo obliterated the trees and wild creatures therein, suppressed spectacled people, and decimated a local money bag Lord Huo, his son Tang Tong built a conglomeration in a changing world based on the wealth that he has obtained from a lucrative gold mine that he obtained by bribing a female prospecting team leader and at the sacrifice of the miners' lives and other business rivals. Liao Mai's father, a schoolteacher with glasses, spoke up

---

[1] Mr. Haiwang Yuan is a professor of Library Public Services at WKU, U.S.A..

[2] Bian, Lingling. "This Is a Reverie of Language—Thoughts on Reading *A Hedgehog's Song*." Nizai gaoyuan—Zhang Wei's Blog. Sina, November 9, 2017. http://blog.sina.com.cn/s/blog_6988905301 02y9nc.html.

for one of the miners and ended up being persecuted to death by the Tang family, which has since become Liao Mai's personal enemy. When the daughter of a hedgehog spirit Mei Di first came to town, both Liao Mai and Tang Tong took fancy to her for her breathtaking beauty. For his affection, Liao Mai paid a heavy price and driven into exile by Tang Tong. Mei Di remained and rendezvoused with the fugitive Liao Mai, who sneaked back time and again at the risk of his life while raising their out-of-the-wedlock daughter and built a big farm on a seawater-logged wilderness.

As Tang Tong expands the development of his joint ventures and taking more and more land, he begins to see the farm stand in his way. A struggle between Liao Mai and his wife ensues, the former trying to fend off the conceived land plundering while the latter attempting to negotiate for a perceived "good price" with the "plunderer" and personal enemy of her husband. When a deal was struck, it became the last straw on the back of their now tenuous marriage; for it further confirmed Liao Mai's suspicion of a questionable relationship between his wife Mei Di and Tang Tong, albeit Liao Mai's extramarital encounter with his former college classmate Xiu, a southerner who married a "stereotyped" husband now visiting a foreign country.

Another of Liao Mai's classmates with the name of Qi Jin piqued his interest in the Trident Island after he himself had been fascinated by a local traditional Fish Opera. There, however, Qi Jin got himself entangled in a love triangle with Maoha and Young Shaliu'er. Maoha, with his webbed feet, is thought to be the son of a dugong and Old Woman Shan, who is the mastermind and mistress of Tang Tong at once. Young Shaliu'er is the lead actress of the Fish Opera and granddaughter of Huo Er'er, the only survivor of a shipwreck. The wrecked tower boat belonged to Lord Huo, roaming on high seas to flee the Tang family's persecution. On the island, Liao Mai also met two of Tang Tong's protégés, a Taoist monk and a former woman manager of the fanciest hotel of the Tiantong Group. The former has detained her at Tang Tong's order under the pretext that the woman was deranged. It was, in fact, that they feared that she dangerously knew too much about Tang Tong and his dealings. From her seemingly delirious gobbledygook, Liao Mai gets what he needs to finally confirm the secret relationship between his wife and Tang Tong. He confronts his wife head-on as soon as she returns joyously with what she thinks a more-than-worthwhile farm-selling contract wrenched from Tang Tong. The confrontation finally leads to the breakup of the two lovers who have gone through so much to get reunited after they were forced to live separately for a protracted period. When his wife seems to have gone far, far away mysteriously, Liao Mai is left with nothing but her hair that she has cut off and in which he used to bury his face when he was in tremendous stress. With all the ideals of an egalitarian society with neither oppression nor pollution, he is now faced alone with the engulfing force of commercialism symbolized by the innumerous iron machines of bulldozers and tract shovels rumbling over to his last stronghold—his farm that he professed that he was going to abandon before Mei Di's disappearance.

2. Major Language Characteristics of Zhang Wei's *A Hedgehog's Song*

Bian Lingling, a professional writer with the Liaoning Writers' Association, sheds considerable light on the linguistic characteristics of Zhang Wei's *A Hedgehog's Song* in an article she posted in November 2017 on Sina's "nizaigaoyuan" blog. She first defines the linguistic characteristics as *fangsi-kuangye* (extremely unrestrained). However, later in her article, as a result of a comparison with the other writers, some of whom are famous as well, she concludes that Zhang's *fangsi-kuangye* is fundamentally different from many of the contemporary authors in that he is not "bloody, cruel, ugly, and vulgar." On the contrary, she finds Zhang's linguistic style in *A Hedgehog's Song* to be "delicate and exquisite" while being "unrestrained, majestic, and singular." She describes the language used in the book as "full of mountain-swaying power and heart-wrenching tenderness," like a "sudden downpour falling on a scorching summer day," washing away the "clamorous, flippant, ostentatious, and filthy" tendency existent in the contemporary Chinese literary world. (Bian, 2017) Bian Lingling takes two passages from the book to illustrate her point:

迎头是黎明前的黑暗，身后是一团火光。廖麦两耳被大风塞住，两眼被星星点燃。煞人的秋凉突然大把大把地降下来，要洗去和浇灭一地的鬼火。他一直往前狂奔，可身后紧追不舍的是一条火龙，它从石头街蹿出，眼看就咬住了飘飘的衣襟，他一刻也不敢停歇。唐家父子身背火铳，调动起三代土狼的子孙，从前后左右四方围来，这会儿任何生灵围到当心都要给活活撕扯……[1]

In addition to the characteristics delineated by Bian Lingling, I find Zhang Wei a master of local vernaculars.

油沸了，里面有葱姜八角花椒激灵着，它们潜入三次又钻出三次，这个掌勺的大腔娘们儿才回身抓起一把五花碎肉投入。呼呼的水汽、油脂都被蒸出，又被一把钢铲砍打翻动，一刻不停地折腾了一会儿，黄鳞大扁这个主角才算登场。这家伙一入油锅就发出一声巨大的呼号：杀！接着是腾起的一团紫烟，是顶鼻煞眼的一股火药味儿。大腔娘们儿眼也不眯一下，伸出钢铲压住它的肥肚子，让它正跳三次反跳三次……大腔娘们儿的腕力不错，钢铲在手中旋出花儿，这是为了老伙计在急油中煎而不糊，为了它不泛出焦黑色、不招来丈夫的一记耳光……廖麦闭着眼都能看到激将的汤汁洁白如雪，滑腻似乳。妈的，大骚物干成了。剩下的事情就是半个时辰的耐性，是加蒜瓣加醋加胡椒之类，是喝得额顶淋漓。[2]

Mr. Zhang Wei is very poetic when he lays out the physical and psychological settings for the mood of the characters and depicts romantic scenes, such as this, with my translation following the passage:

如果要说的话太多，那就什么也不要说吧；如果你不是一个傻子，那就什么也不要说吧。手，眼睛，皮肤，胳膊和脚，甚至是头发，这会儿都在齐声倾诉。满头粗韧的毛发把脖子缠住，让人的喉头热辣辣的，几乎未发一言就嘶哑了。紫穗槐的枝枝杈杈都生出一股灼热的风，携着刺鼻的野性气味，把

---

[1] My translation of this passage: "In front of him was the dark night near dawn. Behind him was a blaze of firelight. Rushing wind buffeted Liao Mai's ears; twinkling stars lit up his eyes. Masses upon masses of chilly autumn air descended from the sky, attempting to extinguish the demonic fire and scatter the diabolic smoke all over the ground. He ran nonstop, like crazy. The only thing on his mind was to shake off the fire dragon hot on his heels—it dashed from Stone Street and nearly caught his fluttering shirt. He could not afford to look back once or stop to rest a second. The Tang father and son had mobilized three generations of aardwolf descendants to chase him from all directions armed with blunderbusser. They were ready to tear him to pieces after forcing him into the center of their encirclement."

[2] My translation of the passage: "The boiling oil was searing the chopped spring onions, minced ginger, star anise points, and Sichuan peppercorns. They then bobbed up and down three times before this big-hipped woman grasped a handful of minced pork belly from behind her and cast it into the oil. Steam immediately sizzled up as the fat in the pork was rendered into lard and blended with the oil. She stirred the ingredients constantly with a steel spatula before inviting the main character, the yellow-scaled goldfish, to come on stage. As soon as it went into the oil, the guy gave off a loud cry: Decease! A whiff of purple smoke rose instantly with the strong smell of gunpowder that irritated the eyes and nostrils. But the big-hipped woman didn't even pause to squint. She pressed the spatula on the belly of the fish, allowing it to jump three times on each side.... Wielding the steel spatula in her hand propelled by her strong wrist, the big-hipped woman produced sparks as stirred this old chap in the wok sufficiently quickly to get it seared but not burned. By charring the fish black, she would have invited a big slap on the face from her husband.... Liao Mai could see in his mind's eye the soup being as white as snow and as smooth as milk. Damn! This Big Loose Woman had succeeded once again!"

两人的毛发点燃，衣服点燃，把一切全都点燃了。廖麦最后的时刻仰头一瞥，看见阳光筛过树隙，在她野蜜色的皮肤上不停地跳跃，咪一下分射出无数的金色箭镞。她的一对大眼睛就像勿忘我花，一对翘翘的乳房刚才还羞涩难掩，这会儿却一齐迎向了他。成熟的蒲米一样的香气、蒲根酒的香气、一种水生植物在南风里播散孢子才有的急切和沉默，更有水流深处的叹息，这一切都在嘴边、耳旁，在鼻孔那儿挤成一团。

My translation of the passage:

If you have a lot to say, then don't say anything; if you are not a fool, then don't say anything, either. Hands, eyes, skin, arms, feet, and even hair were now expressing themselves in unison. The thick and tough hair tangled the necks, making the throats burn and causing them to be hoarse without saying a word. The branches of false-indio bushes produced a hot wind, carrying a pungent smell of the wild to ignite their hair, clothes, and everything. At the last moment of his climax, Liao Mai looked up and saw the sun sifting through the gaps of bush trunks and foliage, dancing on her wild-honey-colored skin and suddenly radiating countless golden arrowheads. Her big eyes gazed at him like forget-me-not flowers, her busty breasts that had just been shy now greeted him with boldness. The body odor like cooked rice and the young shoots of narrow-leaf cattails, like the bouquet of narrow-leaf cattails wine, like the silent eagerness intrinsic in aquatic plants when they spread their spores in the south wind, and like the moans emanating from the depth of a flowing stream—all gathered into a single mass crowding around their mouths, ears, and nostrils.

In Mr. Zhang Wei's *A Hedgehog's Song*, each character speaks in a manner appropriate to his or her social status, occupation, character, and personality. For example, the despotic CEO of Tiantong Group Tang Tong can be very vulgar and arrogant when he talks, and meanwhile, he can act like and talk like a child. While the veterinarian father writes very literally to Tang Tong, his son can give his hotel employees a down-to-earth lecture full of vulgarism. Liao Mai, the hero of the novel, whom his wife Mei Di always accuses in a rebuking and yet loving tone as "mincing words" and who is bent on writing a book *A Mysterious History of the Jungle*, can write very elegantly and sentimentally to his lover Xiu and his buddy Qi Jin. Then, the evil and pretentious Taoist priest often punctuates his remarks with sentences formed of Classic Chinese.

In summary, during the translation of *A Hedgehog's Song* from the source text (ST) of Chinese into the target text (TT) of English, the diction, discourse, and registry must be taken into consideration to achieve the closest and most natural equivalence between the ST and the TT.

3. Translation with the Theories of Functional Equivalence and Hermeneutics

A. Functional Equivalence

The functional equivalence theory, formerly dynamic equivalence theory is put forward by Eugene Nida in his tome *Toward a Science of Translating* in 1964.[1] The theory is also embraced by such great translation theorists as Charles Taber. According to them, "Translating consists in reproducing in the receptor language the closest natural equivalence

---

1 Nida, Eugene A. *Toward a Science of Translating*, Leiden: E. J. Brill, 1964.

of the source language message, first in terms of meaning and secondly in terms of style."[1] Their theory is an attempt to make "systematic analyses" "to avoid the age-old opposition between literal and free translation." Apparently, by "equivalence," they mean "closeness" and "approximation" both semantically and stylistically, thus enabling the receptor or target reader to understand the content and be impacted by its appeal as much as the source reader does. Therefore, according to Nida, functional equivalence is not merely "faithfully reproduction" of the source text, which he defines as "formal correspondence."[2]

In the second section of the first chapter of *A Hedgehog's Song*, the protagonists are involved in an argument concerning their farm. While the wife Mei Di is going to sell it to Tang Tong for a good price and relocate to rebuild it, the husband Liao Mai insists on staying put. Hence, there is this dialogue:

"我说的是你！你一个月都在我耳边咕哝：卖地卖地！你在与那个恶霸里应外合！"

"I'm talking about you! For a whole month, you kept on muttering to me about selling our land! You've been collaborating from within with that local despot from without!"

The expression 里应外合 is interpreted as "collaborate from within with forces from without."[3][4] Theoretically, this is an authentic definition. But when I used it in my translation, the editor, a native British, seems not to understand it or feel it awkward. He comments, "Not sure about 'within' and 'without'. Can we just go with 'collaborating with that local despot'?" I can't argue with a native speaker, knowing that if he does not get it, probably most other English-speaking readers will not, either. So, I re-translated it as "You've been collaborating inside our family with that local despot from outside of it!" But the editor "still finds this a little awkward, contrived" and gives his suggestion: "How about: 'In what should be a family matter, you've taken it upon yourself to collaborate with that local despot.'" The sentence is stylistically perfect now but apparently inequivalent to the source text semantically. After all, if an editor does not know the Chinese, he does not have to care about translation. What he cares is the readability of the TT with his trust in the translator for meaning and equivalence. Therefore, I begin to negotiate with the editor and help him get a better understanding of ST.

Here's another example, which has to do with the cultural differences between ST and TT:

唐童正咂着嘴想什么，这会儿听了大叫一声："爸！这可不行！这女孩儿说什么也得给咱留下，咱得等她长大了再说……要不咱后悔都来不及了啊，那可就全都糟了、全都糟了！"

Tang Tong was smacking his lips and seemed preoccupied. When he overheard his father's suggestion, he blurted out: "Dad! Don't do it! Keep the little girl for me no matter what. Let's deal with her when she grows up… Otherwise, it'd be too late to regret. We'd mess things up. We'd mess things up big time!"

---

1 Eugene Nida and Charles Taber. *The Theory and Practice of Translation*, Leiden: E. J. Brill, 1969. p.12.
2 Munday, Jeremy. *Introducing Translation Studies: Theories and Applications*. London: Routledge Taylor & Francis Group, 2016. pp. 59-72.
3 DeFrancis, John. *Abc Chinese-English Comprehensive Dictionary: Alphabetically Based Computerized*. Honolulu: University of Hawai'i Press, 2003. p. 575.
4 Kleeman, Julie, and Haijiang Yu. *The Oxford Chinese Dictionary: English-Chinese, Chinese English=Niujin Ying Han, Han Ying Ci Dian*. Oxford University Press [in association with FLTRP Beijing, 2010. p. 443.]

The editor has a problem with "smacking." Here, the lascivious Tang Tong lusts after young Mei Di being physically checked by Tang Laotuo and the barefoot doctor during an interrogation after she was taken back to the town by her father. In Chinese culture, we have the concept of 秀色可餐 (a beautiful face is like a scrumptious dish). That's why Tang Tong smacks as he watches Mei Di being undressed and examined. Per the editor's suggestion, which I take as a request, I have to rehash the first sentence as "**Tang Tong's mind was preoccupied with lust**."

Similarly, body language such as eye-rolling may mean different things in different cultures. Generally speaking, people roll their eyes in disbelief, annoyance, or impatience. In China, nevertheless, it may also mean trying hard to open the eyes as in the following sentence in *A Hedgehog's Song*: 眼珠转了转，这才看出自己躺在了一面土炕上。So, I translated it into "**With great effort, he opened his eyes only to find himself lying on a clay hang bed-stove**."

Embracing a functionalist and communicative approach to translation, a move away from linguistic typologies of translation that began in the 1970s and 1980s, Katherina Reiss built her theory "on the concept of equivalence but viewed the text rather than the word or sentence as the level at which communication is achieved and at which equivalence must be sought."[1] Here in *A Hedgehog's Song*, the Chinese ST "对着未来的孩子说话、对着想象中的丈夫说话" is a parallel structure. But when it is translated on a word to word level, parallelism would be lost: "**She talked to her future child (or, to her baby soon to be born) and her husband in her mind's eye all day long**." With a minor change of the sentence structure, the TT paragraph can become much better in style: "She **talked to her baby in her womb and her husband in her mind's eye** all day long."

The following examples of Chinese 小, literally meaning "small," illustrate Reiss's point of avoiding word for word translation because when the Chinese 小 is used to describe an adult's hand, mouth, and tongue as 小手、小嘴、小舌头, this suffix 小 has an affectionate attribute rather than size. Therefore, substituting "tender" or "dainty" for "small" better captures the real sense of the word.

让我盖着她香喷喷的大花被子做个美梦吧，梦见你一双小手搅住了我，一张小嘴儿没头没脸地亲我咬我……

*Please allow me to have a sweet dream beneath her fragrant floral quilt sleeping bag. I'll dream of you hugging me and of you kissing and biting me with your **tender** mouth…*

Here is another example:

美蒂薄薄的小舌头舔着牙齿，在初秋的阳光下眯着眼看他、看刚长出茵茵青苗的田垄、看一片粼粼波光的刀把湖。

*In the early autumn sun, Mei Di licked her teeth with the tip of her **dainty**, thin tongue while squinting at him, at the fields with verdant shoots just appearing from the ground, and at the L-shaped pond with glistening ripples upon it.*

But Reiss's theory must not be applied blindly and mechanically. In the following case, translation on the level of words evidently does a better job to achieve equivalence:

---

1 Reiss, K. Text types, translation types and translation assessments, translated by A. Chesterman, in A. Chesterman (ed.) (1989) Readings in Translation Theory, 1977/1989. pp.168-179.

平常说花花世界，不花花哪成呢？

*We often refer to the Western countries as huahua shijie (literally "a world of **sensuality**"), how can they be so successful without being **sensual**?*

Although puns are universal in world languages, they are particularly numerous in Chinese due to limited phonemes and too many homophones. Puns also abound in *A Hedgehog's Song*. As the Chinese characters and English words with approximate meanings are pronounced so differently that translating puns is nearly a mission impossible. I have tried translating the puns in the book *A Hedgehog's Song* as comprehensible to the target reader as possible, bearing in mind Nida's functional equivalence and Reiss's communicative function theories. The first example is a pun that Mr. Zhang Wei plays on TNT and "Kick and Kick." The plot of the novel is built around a two-generation family feud between Liao Mai, a representative of conventional farmers, and Tang Tong, a representative of brutal capitalists. Tang Tong initially made his fortune from a gold mine by eliminating his rivals and relentlessly exploiting his miners. One of the miners was Liao Mai's father's friend and consulted him often. After losing his son to Tang Tong, the old miner wanted to blow him up with the TNT explosives he had taken home secretly from the mine. At a mining site where TNT explosives were being used, a toothless, old miner, who did not understand the English acronym, mispronounced it as 踢呀踢 (ti-ya-ti in pinyin), which means "kick and kick." Then, Tang Tong caught Liao Mai being together with Mei Di, the hedgehog girl they both like and began torturing him cruelly in bondage. As part of the corporal punishment, he kicked him repeatedly in his ankles until they were mangled. Hence, the link between TNT and "kick and kick" is complete. Luckily, TNT and "kick and kick" share similar vowels: one being the long vowel "i:" while the other the short one. However, my editor has a problem with the translation before reading through the whole book to learn about the above-mentioned events and incidents to which the pun is related. Here is the paragraph where TNT was mispronounced by the toothless old man:

他小心翼翼携了东西去金矿，打听着。那天他记得在山路那儿被一道红绳挡住，许多过路的人都在等待一场爆破。有人在那儿摇小旗子，接着山摇地动，刚刚还挺好的一道山坡被整个儿掀掉了！"嚄嗖！真厉害，'踢啊踢（TNT）、踢啊踢！'"一个没牙的老人呼喊着，旁边的人都随声惊叹："踢啊踢！踢啊踢！"

Here is my translation:

He went to the gold mine, gingerly carrying the parcel, to ask about its owner. He remembered being stopped by a red rope. Many passers-by were waiting for a big explosion. Someone was waving a small flag, and immediately the mountain and the earth began to shake. In an instant, a picturesque mountain slope was erased from existence. "Wow! Such power, 'Kick and Kick (TNT), Kick and Kick!'" shouted a toothless old man.

Here is the discussion of the translation between the translator and his editor:

Editor: "How do Kick and Kick relate to TNT? Is it a type of TNT?"

Translator: "The author uses a pun. An illiterate old local spectator didn't know the official and foreign name for the explosives used to blast the mountain for gold mining. He called it 踢呀踢 through his broken teeth, thus failing to pronounce T correctly. 踢 meaning "kick," is homophonic with the letter "t."

The story had many instances where explosives (both pent up anger and the real thing hidden but prevented from being used by the hero's father) and kicking as corporal punishment are associated. So, "kick and kick" and TNT are the closest puns in English that I can come up with. Homophonic puns are the most difficult to translate: You may lose the sound to keep the meaning or vice versa. This one is remotely close."

Editor: "OK, thanks for that clarification. Yes, this is a difficult one to capture. The repeated association makes it particularly tricky; if it were a one-off reference, I would be inclined to remove the quote altogether. One suggestion here is to go with 'hit' rather than 'kick,' to drop the 'h' and to compress 'and' to 'n', so it becomes 'it 'n it' though I'm not really sold on this either. Let me ponder a while; perhaps I'll revisit once we get to the end of the book."

The second pun involves a bitter argument between the protagonists Liao Mai and his wife Mei Di. The former has always been suspicious of a dubious relationship between his wife and his arch-enemy Tang Tong. After his wife strikes a good deal with Tang and gets more money than their farm is worth, Liao Mai, who adamantly refuses to vacate, lashes out at his wife and forces her to tell him the truth about the perceived affair. Here's the dialogue, which is full of puns relating to numerals, that is, the number of times when the wife and Tang Tong are thought to have slept during her husband's absence. Here, I have no alternative but to translate the homophones 五 (five, pronounced "wu") and 无 (none, pronounced "wu" as well) into "nine" and "none," though I may "further wrong" Mei Di by doing so. Have I achieved the functional equivalence or followed a "deforming tendency" as Antoine Berman warns? By "deforming tendency," Berman lists twelve such tendencies. Instead of what he describes as "quantitative impoverishment," I may have gone to the other extreme: "quantitative enrichment"? (Munday, 2016) Here is the dialogue:

—"回答我的话吧。我这可恶的好奇心……"
—美蒂泪水哗哗淌落，一下伏在了桌上。这样许久她才抬起头："麦子！麦子……我和他只有……五次啊……是哩，我们五次……"
—"五次，嗯，五次……"
—美蒂跳起来："不不，麦子，没有！我是说'无'，没有……一次……'无'、'无'……"
—"无数次？"
—"'无'！就是没有的意思哩……"

—"Answer me. My nasty curiosity, you know…."
—Mei Di's tears fell like a torrent, and she leaned over the desk abruptly. After a long while, she looked up and said, "Maizi! Maizi…. He and I only…nine times…yes…only nine…."
—"Nine times, well, nine…."
—Mei Di jumped up and yelled, "No, no! Maizi. None! I meant 'none.' I can't do a single time… 'None,' 'none'…."
—"Countless times?"
—"'None'! It means we haven't done anything…."

There is one more pun example in the novel that's worth noticing. Its double meanings are self-explanatory in the dialogue:

"咱的名儿也不好记，不过你就叫我'徐后'吧——咱是徐福的后人——这总成了吧？"唐童大笑："我这人转头就忘，这名儿要再大气一些就忘不了啦。这样吧，叫你'徐后腔'吧。"大聊客哭丧着脸。

"My name is a bit hard to remember, so how about calling me Xu Hou? 'Hou' means

'descendant.' I'm an offspring of Xu Fu anyway." Tang Tong burst into a guffaw, saying, "I'm indeed forgetful. If a name is grander, I won't forget it anymore. So, I'll call you Xu Haunches." Chatterbox drew a long face.

B. Hermeneutics Motion Theory

Hermeneutics by definition means "the science of interpretation" especially of the Scriptures. The theory can trace back to Ancient Greece and German Romantics and has to do with the translation of the Bible, but "It is George Steiner's hugely influential *After Babel* which was the key modern reference for the hermeneutics of translation." (Munday, 2016: 250-251) Unlike Nida, he treats translation as "an exact art" instead of science, "with precisions that are intense, but unsystematic."[1] His concept of hermeneutic motion consists of four moves, of which the first is "initiative trust." That is, the translator's first move is the "investment of trust" (Munday, 2016: 252) in the author whom he translates. Today, with the availability of advanced communication technology like the social media WeChat, trusting in the author becomes much easier. I often consulted Mr. Zhang Wei whenever I had a question. For example, when I saw 海猪 (literally "sea hog") being referred to very often in his *A Hedgehog's Song*, I got the answer that was actually a dugong, an aquatic mammal that looks like but is different from a manatee. The grammatic number of countable nouns in English often presents a problem in translation, such as the title of the book 《刺猬歌》. Is 刺猬 (hedgehog) here singular or plural? It was Mr. Zhang who helped me decide on the singular. After the translator "invades, extracts, and brings home" the author's ST in the second movement of the "hermeneutic motion," the translator is then faced with the two choices of "assimilation": either "complete domestication" or "permanent strangeness." The former lets the TT "takes its full place" whereas the latter is the opposite as in the case of "Nabokov's 1964 English rendering of Pushkin (1825-1832)'s Russian verse novel *Eugene Onegin*, which consisted of a literal translation with more footnotes than text."[2]

In fact, I prefer the middle ground where footnote or endnote in a narrative, particularly fiction, is concerned. My editor also shares my position, while insisting on using a footnote in the case as follows:

They tramped everywhere in rags, each carrying on his shoulders a blackish bedroll, their only possession. When they smiled, white teeth would gleam from behind their filthy faces. They were gossipy and indiscreet, although much of what they said was incoherent. They went begging from door to door. The locals called them chishi, meaning "foolish beggar" and reserving the term 'great foolish beggar' for those who were extremely filthy and always uttered disarray of words.[3]

He allows me to keep the interpretative text throughout my translation of the novel, such as my translation of the Chinese 肚兜：

The chief fisherman examined each of them and picked up a small, red dudou—a traditional Chinese one-piece, backless, halter dress—a big, buff bra, and two pieces of pumice rocks used for sanding off heel calluses.

---

1 Steiner, G. (1975/1998) *After Babel: Aspects of Language and Translation*, 3rd edition, London, Oxford and New York: Oxford University Press. p. 311.

2 Ibid, p. 253.

3 This is the part of the translation appended to the Chinese pinyin *chishi* that the editor moved to the footnote: "The first part of the term *chishi* came from both 'qi'(beg) and its near homophonic 'chi' (fool)."

The same applies to *louchuan* (楼船), a vessel first built by the moneybag Lord Huo and emulated later by Tang Tong in *A Hedgehog's Song*. There are several translations of the vessel, such as "turret boat," "castle ship," and "tower boat." But the editor kept asking me to explain what a "castle ship" or a "tower boat" each time he sent my translation manuscript that he had proofread. Finally, I had to respond as such:

> "Here's a link to an explanation given by https://en.wikipedia.org/wiki/Louchuan. Or, can we call it 'tower ship'? Can't find an equivalent in English. Or, give a little annotation like: 'tower ship', known in Chinese as *louchuan*, a type of ancient Chinese vessel of a floating fortress. 'What do you think?'"

Still another example is culture related: the translation of a cultural phenomenon common to the ST readers that do not exist in the culture of the TT readers. In this case, it is the wearing of a black band on the shoulder as a sign of mourning after a relative is dead. Here are the Chinese original and my translation:

> 十余年了，她终于不再相信奇迹。领他走的是一个男人，那人留下的女人于第二年春天在臂上戴了一块黑纱，这让老婆婆见了头脑里轰的一响：她的男人死了？

> *Now that ten years had passed, she finally gave up her belief in miracles. The villager who had led him away had been a male villager. The woman that he had left behind put on a black gauze band on her left shoulder the next spring.* **The band hit the granny like a thunderbolt; for it was traditionally a cultural symbol of mourning:** *her husband had died!*

Here are two more examples extracted from another translation of mine to drive the point home. It is a book titled 《泥土里的想念》(*Memorabilia in the Earth*), written by Song Anna, a contracted writer for the Chunlei Publishing House in Tianjin. It is about a Jewish girl's saga of looking for her missing nanny during the Japanese occupation of the British Concession, her sanctuary in the Second World War after Britain declared war against Japan.

Example 1:

——银宝两眼闪闪地说："那我们来拉钩！"

——撒拉伸出两只手，一手钩住金宝，一手钩住银宝。

——"拉钩上吊，一百年不许变！"

——银宝说："扣章，扣章！"

——三个孩子大拇指对准大拇指，使劲地扣了三个大章。

——Twinkling his eyes, Jinbao said, "Let's hook our small fingers." It's a Chinese children's gesture as same as "Cross my heart."

——Sara held out her hands and hooked Jinbao's and Yinbao's little fingers with each of hers.

——"We hook and we hang, and we'll remain unchanged for a hundred years." This otherwise unintelligible statement is part of the vowing process.

——Yinbao then said, "Seal it! Seal it!"

——The three children placed their thumbs against each other's to consummate the vowing ceremony.

Example 2:

一九四二年的春天似乎极不情愿地来到人间。阿妈说过，七九河开，八九雁来，九九加一九，耕牛遍地走。

The spring of 1942 seemed to be coming reluctantly. Amah had taught Sara the Nine Nine-day Song, a rhyme to help people to reckon the cold season consisting of nine nine-day periods starting from the Winter Solstice. "For the seventh nine-days, frozen rivers begin to melt; for the eighth nine-days, wild geese start coming back from the south; for the ninth nine-days, cattle are plowing in the fields."

I choose to do this because I believe George Steiner's concept of "sacramental intake" in the third move of his hermeneutic motion theory: "(T)he target culture ingests and becomes enriched by the foreign text." Certainly, by doing so, a translator may risk what he calls "infection," that is, the target culture being "infested by the source text and ultimately rejects it." (Munday, 2016: 253) I would like to take the risk with a view of promoting China's soft power, which will inevitably "infest" foreign cultures as they have done to us. This argument leads to the conclusion of this paper where the justification of my proposal will be elaborated.

4. Conclusion

Since the 1980s, translation has become independent of linguistics as a discipline thanks to the great efforts made by numerous translation theorists like Eugene Nida, Katherina Reiss, Antoine Berman, and George Steiner. However, as Steiner believes, translating is not as scientific as mathematics, it is an art, or rather, an "exact art" by which, I think Steiner means to exclude the absolute free translation, as the arguments between literal and free translations have long faded into history. In the process of translating Zhang Wei's *A Hedgehog's Song*, I find that none of the available translation theories is perfect, but each has its merits. A translator must not be confined to one or a few particular theories. In my experience, as I have never studied translation as a discipline, practice as evidently comes before theory. But equipped with the theories, I find my translating is making more sense. They help me find the middle ground so that my translation can be a process from sense to sense.

Nevertheless, my article raises more questions are raised than answered in my article. One question is whether using footnotes or appending a brief explanatory text to the term that needs clarification to the TT readers in different cultures. Would this practice of "quantitative enrichment" be seen as putting words in the mouth of the ST authors? Would that be ethical even it is done after obtaining permission from the author?

One of the great features of *A Hedgehog's Song* is the author's profuse use of local dialects to bring the author close to the characters in the story. It is obvious that the Shanghai dialect and the New York accent are风马牛不相及 (entirely unrelated). Therefore, it's impossible to render the former into the latter or vice versa. Therefore, this raises the second question: Can vernaculars be translated? If not, what shall we do with them as a translator? Antoine Berman warns against the "deforming tendencies" of the "destruction of vernacular networks or their exoticization," which "relates especially to local speech and language patterns which play an important role in establishing the setting of a novel." He even states that "seeking a TL vernacular or slang equivalent to the SL is a ridiculous exoticization of the foreign. Such would be the case if an Austrian farmer were made to speak Bavarian in a German translation."[1] It seems that I am debating myself: On the one hand, I would like Chinese culture "infest" foreign culture to promote

---

1 Berman, Antoine (1984/1992) *The Experience of the Foreign: Culture and Translation in Romantic Germany*, Albany: State University of New York. p. 244.

mutual understanding and that a translator has the responsibility of playing the role of a cultural bridge. On the other, this practice may go against the grains of some of the translation theories. Therefore, I'm leaving the question as an open for further discussion. With that, I am concluding this article with my translation of a dialogue between Liao Mai and the pretentious Taoist priest, protégé of Liao Mai's personal enemy and rival for his wife's affection. I translated the Taoist priest's Classical Chinese into Middle English. I really don't know what Antoine Berman would think of it:

——吾先后拜栖霞太虚宫及莱州寒同山大基山威海铁槎山，更有崂山太清上清白龙！吾今生足矣！"

——"吾第一次来见道长。"廖麦说。

——"风水宝地！风水宝地！"道长高兴起来，一扬手唤小道士上茶。他揉揉鼻子："莫看观小人稀，待明年、后年，旅游发达起来就好了！做人没有信仰还行？不瞒二位，我这人自小就……"

——"吾也信！"廖麦说。

—He finished his self-introduction in a pedantic tone, "I do satisfy with what I have't gotten in this life."

—"It's my own first time to come here to see the ven'rable abbot," Liao Mai mimicked his tone.

—"Welcome to the treasure place of feng shui! The treasure place of feng shui!" The abbot cheered up and signaled a young priest to serve tea. He rubbed his nose and said, "The temple may be small and have few people, but when the tourism industry flourishes in a year or two, things will get better. Men must have beliefs. To be frank, since my childhood, I…."

—"I'm a believer, too," said Liao Mai, still mimicking the abbot's pedantry.

精神的执火者——论张炜的文学观

栾梅健[1]　（复旦大学人文学院，上海 200433）

© 2021　比较文学与跨文化研究，19–28 页

提要：张炜忧愁的少年经历，对俄罗斯的深切关注和地域特色文化影响孕育了张炜独特的文学观。张炜反对物质主义、享乐主义和商业文化，他认为，在一个商业化时代，金钱有腐蚀一切的力量。"官僚腐败、科技领域兴起的科技主义以及文学领域的武侠小说是同时出现的三剑客。"在此背景下，张炜对诗人的歌颂是毫无保留的。商业经济如潮水袭来，泥沙俱下，此时，张炜关于写作的诗意理念便像漫漫黑夜中的一把火炬，兴旺高扬，温暖着人们的心，照亮了人们的前路。然而，张炜直戳入里的故事，独具特色的语言风格有过犹不及之疑，跟当前大众喜闻乐见的阅读趣味有一定差距。

关键字：张炜的文学观　商业经济　张炜文学　精神火炬

在中国当代文坛，张炜是一位评价分歧相当巨大的作家。1986年，刚满30岁的他推出的第一部长篇小说《古船》就好评如潮，甚至被有些批评家誉为自"五四"以后最为优秀的长篇小说之一[2]。1992年，36岁的他发表第二部长篇小说《九月寓言》，同样大获肯定，有的学者认为这是上世纪90年代最有力度的长篇小说。而在2011年，中国小说史上最长的长篇、多达450万字的《你在高原》，又征服了第八届茅盾文学奖的评委，荣获大奖。

然而，批评声和质疑声也如影随形。许多人认为他的小说杂乱无章，缺乏精彩而完整的故事，使人感到厌倦而丧失阅读的兴趣。这种指责，不仅来自普通的读者大众，而且也出自专门的研究者之口。有学者指出："小说的整体结构问题是张炜的最大障碍"，他"至今还没有找到真正合乎自己性情的表达方式。"[3] 这种认为张炜不会写小说的讥评与贬抑，在学术界也并非只是个例。

那么，究竟应该怎样评价张炜的文学创作？他的艺术理想与创作追求到底是什么？其艺术手法与表现技巧又是如何？如果我们从张炜的文学观入手，深入分析与细细揣摩他的文学观念与艺术主张，那么对上述疑问，可能就会有一个合理而清晰的解释。

一

中外文学史上的无数事例告诉我们，一个作家的童年，对于他后来的文学创作有决定性影响。张炜也这样谈论着童年的关键性作用："一个作家的风格和气息都来自童年。严格地说，人的一生都在写自己的少年，再写一点青年和中年。到了老年，往往全部换成了更早的回忆。……很难看到一个好作家离开了少年情怀。少年情怀可以解释一切，推导一切，拥抱一切，包容一切，对比一切。"他不加掩饰地宣称："文学有一颗种子，那是童年植入的。"[4]

那么，童年在张炜的文学土壤中植入的是一颗什么样的种子呢？大致说来，以下三个方面值得研究者格外关注。

---

[1] 栾梅健：复旦大学中文系教授、博士生导师，中国当代文学创作与研究中心副主任。
[2] 王彬彬：《悲悯与慨叹——重读〈古船〉与初读〈九月寓言〉》，《当代作家评论》1993年第1期。
[3] 吴俊：《另一种浮躁——从〈能不忆蜀葵〉略谈张炜的小说创作》，2002年3月22日《文汇报》。
[4] 《万松浦讲稿》，收《张炜文存》第10卷，第545页。山东教育出版社2016年3月出版。下同。

首先是忧郁的少年。1956年，张炜出生于山东龙口胶东半岛的一个名叫"灯影"的小村庄。那儿地广人稀，到处都是丛林，几乎没有人家。除了与他年龄相差不多的莫言、贾平凹等作家共同经历的贫穷与饥饿外，张炜早年经历的一个重要特点还有孤独。"我的父亲常年在外地，母亲去果园打工。我的大多数时间与外祖母在一起。满头白发的外祖母领着我在林子里，或者我一个人跑开，去林子的某个角落。我就这样长大，长到上学。"（张炜，2014：164）而到了学校，"父亲正蒙受冤案，所以我似乎一开始就成为难得的另类角色。校园内一度贴满了关于我、我们一家的大字报。我不敢迎视老师和同学的目光，因为这些目光里有说不尽的内容。""学校师生已经不止一次参加过我父亲的批斗会。当时我要和大家一起排着队，在红旗的指引下赶往会场，一起呼着口号。如林的手臂令人心颤。但是最可怕的还不是会场上的情形，而是这之后大家的谈论，是漫长的会后效应：各种目光各种议论，突如其来的侮辱。"（张炜，2014：184）

不仅如此，给予他幼小心灵以巨大摧残的还有"被遗弃"。十几岁时，父母可能害怕儿子被牵连、冲击，将他寄养在遥远的叔父家。这是张炜心中最隐秘的痛。他在自己多达几百万字的随感杂记中，永远只是闪烁其辞、避而不谈。我们只是从他朋友的文章中，简单地了解到一些情况：

> 十几岁的时候，离开了父亲，到百多里外的叔叔家住了。叔叔家同他们家隔着一座大山。每年他都盼望着探家的日子，终于盼到了，背着包裹，翻过这座大山，走上百多里，回到家里，同父母姐姐团聚几天。而常年只能望着乌云漫漫或白雪皑皑的远山，思念山那边的亲人。[1]

这种飘零的身世，有几分类似于创作过《断鸿零雁记》的中国近代作家苏曼殊，带给了他永远难以忘怀的切肤之痛。这极为严重地影响到他的性格：内向、敏感、拘谨、胆怯。他后来说："说起来让人不信，我记得直长到二十多岁，只要有人大声喊叫一声，我心中还是要突然地、条件反射的惶恐。直到现在，我在人多的地方待久了，还常常要头疼欲裂，后来我慢慢克服，努力到现在。"（张炜，2014：165）孤独的离群索居的生活，固然一方面给了他难以避免的压抑和痛苦，同时另一方面也可能使得他的性格变得更有毅力、更有野心。他曾说，如果有可能让他为自己的性格命名，那么，他想把自己称为一个"胆怯的勇士"。后来他那部震惊文坛的长达450万字的《你在高原》的问世可以说是勇士性格这一侧面的典型体现了。

其次是浓浓的俄罗斯情结。童年是孤寂的，然而，有书陪伴他。"我们家躲进村子的时候带来了许多书。寂寞无人的环境加上书，可以想象，人就容易爱上文学这一类事情了。"（张炜，2014：163）"我十几岁即开始一个人生活，在这样孤寂的时光中，幸亏有了书。"（张炜，2014：31）吸引了张炜、并让他为之入迷的家中藏书，主要是苏俄文学作品。这与当时的文化环境有关。"俄国作家中，我们阅读最多的是托尔斯泰、屠格涅夫、契诃夫、果戈理和普希金，还有陀思妥耶夫斯基。苏联时期的作家是高尔基、拉斯普京和艾特玛托夫，阿斯塔菲耶夫等。"（张炜，2014：391）

应该说，张炜是中国当代同龄作家中阅读数量最为丰富的几位之一。他读美国的梭罗、爱默生、马克·吐温、欧文、库柏、海明威、福克纳、塞林格、亨利·詹姆斯、霍桑、雷蒙·卡弗、波特、沃克、梅勒、海勒、索尔·贝娄、厄普代克等等。他读法国的普鲁斯特、福楼拜、雨果、巴尔扎克。德国作家里，他读托克斯曼、伦茨、黑塞、歌德。此外，意大利的但丁，日本的小黑一雄，拉美的马尔克斯，印度的奈保尔，英国的哈代、格林、福斯特、叶芝、赫胥黎、康拉德、狄更斯……这一长列的作家作品，有的是青少年时读的，更多的则是在"四人帮"粉碎以后读的。总结起自己

---

[1] 萧平：《他在默默地挖掘——关于张炜和他的小说》，原载《中国作家》1986年第1期。

的文学接受时,他认为影响最大的是苏俄文学。他觉得:"俄罗斯文学不得不让人感叹,感叹它在整个世界文学版图上占有的突出位置。这个民族生存在广大的、严肃寒冷的一片土地上。他们有足够开阔的空间去放纵自己的思绪,有相当冷肃的气氛去放置自己的思想。"它"风景严肃而不单一,是最壮丽最深邃的人类的诗意风景。"(张炜,2014:405)

在俄罗斯文学中,他最崇拜的是托尔斯泰。人道主义的精神追求、道德自我修养的主张和擅长心理分析的艺术特色,都深深地打动了张炜。他觉得托尔斯泰是西方文学第一人,其影响无人能比。当他看完英国学者莫德撰写的《托尔斯泰传》后,他极其神往的是这样一种状态:

> 这座城市的万家灯火里边,茫茫的夜色里边,有那么一户人家,有那么一个人(托尔斯泰)——好多的文化人就团结在这间房子周围,经常到他那里去。因为有了他,大家不觉得绝望——莫德说:"这种状况绝不是一件小事。"这最后一句议论特别让我感动。是的,一座城市,一个时期,有没有这样的一个人,这种状况可真的不是一件小事啊!(张炜,2014:266)

这是一座散发着理想、智慧和道德光芒的文化小屋。它慰藉着人们受伤的心灵,照亮了整个城市的上空。这是一个思想高地,决不与那些卑鄙、肮脏、龌龊的小人同流合污。许多年以后,当他在胶东半岛的海边营造万松浦书院时,寄寓的就是这种理想。

第三是地域文化的影响。张炜出生的老家山东龙口,古代称为东夷,也称莱国,东莱的国都就在今天的龙口市归城村,现在仍有古城遗址。据史料记载,古莱国是我国最早的丝绸业发祥地,还发明了炼铁术,拥有当时世界上最大的粮仓和最多的骏马,还是水稻最初的栽培者。春秋战国时,齐国主要就是因为吞并了莱国而获得了新的生产技术,而一跃成为当时最富庶繁荣的国家。当时的齐国,是一个最早融合了现代资本主义诸多管理模式的东方之国,一个尝试和实行了商业市场运作的消费之国,工商业极为发达,盐铁业占有天下总量的一半以上。

面对如此最早发育的商业文化,张炜却骄傲不起来。他发现,随着齐国商业的繁盛,国人奢靡的潮水一浪高过一浪。姑且不论王公贵族,就连跻身临淄城的普通市民都洋洋得意,沾沾自喜。他发现:"这繁荣的代价也是很大的,那就是过分张扬了物欲声色,使整个社会的伦理体系遭到了破坏,国家自上而下的大面积腐败,拥有无限财富的齐国政权竟然摇摇欲坠,开始崩塌。"(张炜,2014:252)最后,被真正强大的秦国灭亡了。

由此,张炜产生了对物质主义、享乐主义、商业文明的厌恶与反感,并找到了故乡另外一脉优秀的文化源头:"我们历史上有过非常有名的稷下学派——从暴秦、从各地汇到齐国的学士。齐国喜欢思想,它就在山东临淄。这是世界历史上了不起的一个事件。稷下学派每天都有各种思想的交锋,一个叫田巴的人,记载上说'日服千人'——一天可以辩倒一千人,可见思想的力量。"(张炜,2014:133)在利欲熏天的恶浊环境中,应该要有对欲望和喧闹的外部世界的质疑,有对高贵的理想和信念的坚持。在很多场合,他都提到稷下学派,并为之感到自豪。

他坚信,商业时代用金钱把一切都消蚀掉了。繁荣如齐国,在物质主义泛滥的时代,人们就像患了热病,除了狂乱失控的行为,还有会令人震惊的呓语和尖利。他认为:"商业主义时代折损诗性,即尽可能混淆雅俗界线,结果就是整个民族与诗心隔绝。"(张炜,2014:383)而稷下学派就是当时的中流砥柱,它显示了灵魂的高度,捍卫了精神的尊严,坚守着被商业文明所压抑的诗性与诗心。他推崇诗歌。

是的,是诗歌。

他这样毫无保留地表达着对诗人的赞美:"诗人是令人敬仰的文学前辈,是永远屹立在风雨文坛的高大身躯。他是精神的执火者,是最纯粹的人,是一个不败者。"(张炜,2014:293)如果我们再联想张炜忧郁、多感的少年情怀以及浓得化不开的俄罗斯情结,我们自然可以发现,当张炜拿起笔进行文学创作时,他肯定会是一个思想者、说教者、道德者的面貌,一个精神执火者的角色。

张炜投身文坛的时期几乎是与我国改革开放的进程同步的。在这一时期,先是农村的联产承包责任制,再是个体工商户的迅猛发展,直到引进外资、走出国门的全方位改革开放。面对这几十年来汹涌澎湃的商品经济大潮,张炜是矛盾的,是恐惧的。他觉得,现代文明所表现出的特征,在很多方面正走向文明的反面。它挤掉了诗意空间,成为另一种野蛮。相对于中国传统文化中的仁、义、礼、智、信,商业文化带给人们的显然是粗野和鲁莽。他感到中华传统文化中所提倡的诗书礼乐,不仅是当时文人和士大夫的境界,而且是一种人生理想境界的追求。而今唯效率为重、唯金钱利益为重,人类变得越来越匆忙和偏执,不仅使人类从根本上告别了优雅的生活状态,而且还会引发道德和伦理的崩溃。面对商品经济对我国传统文明造成的大幅度倒退,张炜表现出坚定的保守主义态度:

> 在这样的情势下,艺术已不再是一部分专门家的事情。它必须属于每一个人,以进行真正有效的抵抗。一切的艺术活动,一切的诗,都具有顽强的抵抗属性。这种抵抗有时好像是软弱的、被覆盖的,但本质上却是强大的,因而也是必需的——看起来单薄的诗心难以平衡这个极为倾斜的世界,但实际上呢,自由的诗心又无处不在,她就在地表和天空,在我们的呼唤中飞翔和生长。(张炜,2014:99)

他将这种"抵抗属性"的艺术,称为诗性写作。

很显然,张炜的这种保守主义艺术观,既有着对古代齐国最终覆灭命运的经验总结,也有着他极为热爱的托尔斯泰式的人道主义激情。在滔滔浊世面前,他绝不肯随波逐流,而是要放手一搏,尽力抵抗。至于如何抵抗?从何入手?他认为:

> 商业扩张主义盛行的时期往往有这样几个特征:官场上的贪污腐败,科学上的技术主义,文学上的武侠小说——它们三位一体,同时出现。(张炜,2014:133)

如此,这三点构成了张炜诗性写作观的主要内容。

先说官场上的贪污腐败。在张炜看来,由于中国特殊的政治体制和文化传统,经济上的改革开放只能是局部的、半开放的。在个别人治而非法治的土壤上,只能生长出似是而非的怪胎,受掠夺与受剥削的,仍然是手中无权无势的平头百姓。这在他早期的中篇小说《秋天的愤怒》中就表现得淋漓尽致。作品中的老支书肖万昌,在过去极左年代是狠抓阶级斗争的典型,而到改革开放以后,则摇身一变成为海滩小平原上新时期的先进人物、发家致富的带头人。他利用过去形成的关系网络囤积化肥、控制水源、雇工种地,仍然像过去那样捆人打人、为非作歹。小说表达了一个正直的被欺压的青年李芒对这种恶霸书记的愤怒,反映了中国农村的改革开放绝非如设计者所想象的那么单纯与简单。有评论者指出,张炜的众多小说"构成一个完整的'文革'时期的夺权斗争——改革开放时期的自我释放——全球化时期的欲望追求的欲望三部曲,完整地演绎出中国式恶魔性因素的发展轨迹。"[1]在这些众多的中国式恶魔性因素里就有许多形形色色的官僚、恶霸。正是他们的存在,极大地破坏了本应清纯的社会秩序和商业活动,严重地妨碍了历史巨变的合理性与正当性。这是他小说中的主要敌人。

再说科学上的技术主义。这一情形的危害,在张炜眼中,其实一点也不亚于官场上的贪污腐

---

[1] 陈思和:《欲望:时代与人性的另一面——试论张炜小说中的恶魔性因素》,载《文学评论》2002年第6期。

败。他觉得高速运转的社会，将人类的诗意空间挤压得荡然无存："每个人都坐在当代世界这部庞大机器的流水线旁，或被迫或自觉地成为它的附庸，成为受制者。人类走入这样的处境，于是再无优雅可言。现在需要的只是速度，是效率，是商业规则，是统领一切规定一切的数字逻辑。在生活中，人类个体已经处于被镶嵌的状态。"（张炜，2014：97）对于网络数字时代的飞速发展，他觉得："进入网络数字时代，全方位的机器至上，技术主义以及由此导致的功利主义已经是愈演愈烈。现代人面临的一个巨大责任，就是怎样把自然科学从实用主义中解救出来。我们必须强调对完整的、具体的、鲜活的、世纪经验的人类世界的理解，反对结构和解构。"（张炜，2014：328）面对全球化，他更是强烈反对："全球一体化最终意味和包含了什么？如果它越来越笼罩了审美、覆盖了想象，甚至取代了传统，肆无忌惮地溢出应有的疆界，摧毁和破坏不同的文明，那么结局就只能是一场灾难。"（张炜，2014：310-311）总之，他坚定地认为："现代科技在发现的同时也在遮蔽，变得更为狭促和浅薄，人类对于自然，神灵，对头顶上那片星空的敬畏，已经在淡漠。这真是一种大不幸。"（张炜，2014：476）科技，它让人类失去了诗，也失去了远方。

最后说文学中的武侠小说。其实在张炜这里，武侠小说泛指一切以营利为目的、靠噱头吸引读者的流行文学。对于港台文学，他觉得那是一种对人生没有实质意义的艺术："台湾也就出了那么多我们所熟悉的电视剧，言情和剑侠小说，出了那么一大群所谓的青年艺术追求者。他们当中缺少钙质，缺少力量和立场。风花雪月太多，而风花雪月更多的时候是对人生的欺和骗。"（张炜，2014：155）对于欧美流行的现代派艺术，他认为在早期其曾是那个时代最卓越的灵魂，然而到现在已变成了一堆垃圾。"即使是世界上最庄重、最富丽堂皇的艺术博物馆，里面也会摆上一块破铁片、旧轮胎，或者是一根根铁丝悬挂的石块、一只只破手套组成的'艺术品'。一截草绳，一摊赃物，都有可能因此'神圣'起来。文字的垃圾一时变得身价倍增，狂妄无知的呓语让教授感叹不已。"（张炜，2014：139）对于中国传统的古典小说，除了《红楼梦》之外，他也认为不值得效仿："……'小说'两个字来自我们传统的一个说法，它大抵是指一些街谈巷议的通俗故事，可短可长。短即短篇，长即长篇，像很早的《世说新语》和《搜神记》等等。再到后来的《三国演义》《水浒》，都是继承了真正的小说传统。"（张炜，2014：392）

他推崇的是雅文学。他认为雅文学代表了一个民族、一个时期精神的高度。其源流一是我国传统的古典诗文、《离骚》、李杜诗歌和韩柳散文，"那些古典主义保守主义传统留下来的，对于我们今天而言，可能正是极为宝贵的东西。"（张炜，2014：409）二是19世纪前后的欧洲。"谁也不能和托尔斯泰、歌德、但丁那一伙人比，更不能和那些英雄史诗比，一比就会逊色。那个时代的大师们差不多都具有严格纯洁的理想主义，有痛苦的追究。"（张炜，2014：363）他景仰的是那些古典理想主义者。他要求文学是严肃的，是文以载道的。他喜欢的大作家，都可以说是真正的大说教家。

那么，应该怎样来评价这种诗性写作观呢？

张炜这种似乎逆时代潮流而动的保守主义和道德主义激情，不仅在他作品发表后便引起了人们的广泛争议，而且他本人也曾经矛盾和动摇过。在长篇小说《古船》中，老隋家的大少爷隋抱朴面对风起云涌的商品经济大潮，经常阅读《共产党宣言》，试图从中找出答案。"……下面的这一段他已经在一个月中读了三遍，今夜还想读一遍。'资产阶级在它的不到一百年的阶级统治中所创造的生产力，比过去一切世代创造的全部生产力还要多，还要大。自然力的征服，机器的采用，化学在工业和农业中的应用，轮船的行驶，铁路的通行，电报的使用，整个大陆的开垦，河川的通航，仿佛用法术从地下呼唤出来的大量人口——过去哪一个世纪能够料到有这样的生产力潜伏在社会劳动里呢？'——抱朴像过去一样，一读到这里就有些激动了。"（张炜，2014：414）不过，在小说中，作者让读者感到的革命导师只是"两个好心的，胸怀像大海一样宽广的学问家"，两个真诚的人道主义者。至于对"科学技术",例如"弹载长波红外探测器""自适应光学技术"和装有镭的"神秘的铅笔"等等,作者则带有几分疑虑和恐惧。很明显,对呼啸而至的经济领域的改革开放以及科学技术领域日新月异的变化,张炜是一个心甘情愿的落伍者。他不仅怀疑它们能否给人类带来福音和吉兆,甚至还认为它们是传统诗意空间的灾难和克星。

然而,作者思想的先进与落后并不是判断一个作家是否伟大的根本标准。托尔斯泰就是一个明证。张炜也似乎是从他这位偶像那里寻找到强大的心理支撑。马克思、恩格斯在《神圣家庭》中还指出,在古老封闭的农耕社会中没有任何丰富的社会关系,也没有科学技术的广泛运用,但那时"依然保存着人类的高尚心灵、人性的落拓不羁和人性的优美。"[1]因而,张炜的文化保守主义和道德主义激情,并不构成他作品思想上的反动,有时还正好是这个红尘滚滚的世俗社会的一剂清醒药方。他声称:"物质和金钱的欲望尽情挥发倡扬的时代,也是大多数人在精神和物质两个方面受到严重掠夺的时代。"(张炜,2014:98)这个时代最需要纯真的文学。他的诗性写作观理应得到充分的重视与肯定。

三

张炜说:"作家的两颗心是重要的,一是诗心,二是童心。杰出的作家,这两颗心是永远怦怦跳动的,不会因为年龄的增长而失去,不会因为世俗生活的压力而丢弃。"[2]除了力倡诗性写作之外,他的文学观的另一个主要内容便是歌颂与描绘大自然和动物。这在同时期的中国当代作家中格外醒目。

在很大程度上,这应该归功于他早年的生活与居住环境。

他出生在渤海湾畔。这是一片辽阔的海滩平原,距离大海只有五、六华里。"我们上学,要穿行在树林里;放学回家,家在果园里;到外边玩,出门就是树林子;割草、采蘑菇、捉鸟,都要到树林子里。去河边钓鱼,到海上游泳,也要踏过大片浓绿的树林……"[3]而且,由于他父母长期在外地,荒僻的小村中也没有多少小朋友陪伴,往往是他一个人与大自然喃喃自语,亲近着大自然。同时,他也发现,俄国的著名诗人叶赛宁、作家屠格涅夫、托尔斯泰等等,在作品中都大量描写、讴歌大自然,这给他们的传世之作增添了绚丽的色彩。因而,他一方面十分庆幸自己出生在美丽的海滨,曾经受到大自然的沐浴和陶冶。同时,另一方面,在建构他的文学观念时,他坚定地认为一个不热爱大自然的人,难以培养起很强的感受美的能力,也难以写出有华彩的文章,当然,更成不了真正伟大的作家。

大自然,他有时候也将之称为"野地",是与现代都市相对应的理想之所。他对城市充满了厌倦之情。

1978年,22岁的张炜考入大学,由此进入社会,按其身份,其实已转变为城里人。然而,他总与之格格不入。他觉得在大城市几乎无幸福可言:"在大城市生活的痛苦积累到一定程度,其中的幸福也会忽略不计。我们人类文明的最大失算,就包括无节制地制造大城市。而且我们已经无法摆脱自己动手划出的这种魔圈。城市的膨胀无休无止,其实也是痛苦的积累和叠加。"(张炜,2014:287)在当代作家中,很少有作家像张炜这般痛恨城市的。他大声地责问:"有的大城市已经到了难以居住的地步,烟尘、噪声,大得让人吃惊,连最泼辣的外地农民、打工者、耐受性最高的重体力劳动者,进城后也大咳不息,嚷着要快走。这里出现了如此恶果,责任者是谁?他们又受到了什么惩罚?"(张炜,2014:316)他发誓要逃离城市:"城市是一片被肆意修饰过的野地。我最终将告别它。我想寻找一个原来,一个真实。

---

[1]《马克思恩格斯全集》第2卷,第215页,人民出版社1972年出版。
[2]《探究心和好奇心》,见《张炜文存》第10卷,第534页。
[3] 张炜《童年三忆》见《张炜研究资料》第32页,山东文艺出版社2006年出版。

这纯稚的想法如同一首热烈的歌谣，在那儿引诱我。市声如潮，淹没了一切，我想浮出来看一眼原野、山峦，看一眼丛林、青纱帐。……"（张炜，2014：85）城市已被破坏。他向往的是一片野地，一个未经污染的"原来"，那个真真切切的大自然。

表现到他的文学创作中，大自然成了万物的生母。在那些美丽的、神秘的野地里，人与大自然和谐相处。大自然处处庇护着、滋养着人类，而人类则如大自然的精灵，尽情地挥洒，诗意地徜徉。

你看《九月寓言》中的一段描写，小村人们的生活是多么诗情画意啊——

> ……劳动空隙中他们就在泥土上追逐，翻斤斗，故意粗野地骂人。如果吵翻了，就扎扎实实地打一架，尽情地撕扯。田野上到处是呼喊的声音，远处往往有一个更粗鲁更狂躁的嗓子。如果是秋天，青纱帐生得严密，那么总有人在另一边点上熊熊大火，把青青的玉米和豆棵投进火里。他们吃得肚子胀胀，激动拥抱，用沾满炭灰的嘴巴把对方的脸颊弄脏。秋野上升起一层蓝蓝的烟雾，这是名副其实的炊烟。（张炜，2014：15）

这是自然之子的嬉笑、打闹、游戏，那么地爽朗、热情、坦荡。这是一个无忧无虑的世界，一片远离了功利和世俗的纯净土地。就连男女之间的性爱，也是那样的纯洁美好："泥土的腥气给了两个肉体勃勃生机，他们在山坡上搂抱滚动，一直滚到河岸，又落进堤下茅草里。雷声隆隆，他们并不躲闪，在漂泼大雨中东跑西颠，哈哈大笑。"（张炜，2014：114）人生活在自然中，人与自然浑为一体。

他喜欢的还有动物。

野地里自然有各种各样的动物。他从小就亲近它们，熟悉它们，与它们相伴，与它们为伍，直到最后彻彻底底地喜欢上了它们。他发现多姿多彩的鸟、小兔子和小刺猬，真是太完美、太有个性，简直到了妙不可言的地步。见到它们，张炜就感到生的多趣和温暖。在通常的印象中，狐狸、狼、黄鼬和乌鸦等，似乎不怎么讨人喜欢，然而，在长期的观察与接触后，他觉得它们都是那样的可爱："沙地狐狸、银狐，那张脸谁离近了注视过？没有。仔细看吧，很美很美。狼也仪表堂堂，勤奋并且勇敢。黄鼬主要捕鼠，而且一张小脸生动无比，圆圆的大眼美丽绝伦。还有遭人贬斥的乌鸦、猫头鹰、貉、花面狸，哪一个不是生动活泼、精巧完美得像件艺术品？"（张炜，2014：123）还有猫，鼻子小巧精致到了极端，是美丽和温柔的代表，至于刚会奔跑的小兔，则会让人不知不觉联想到自己的童年，活泼、好动。

对于动物的喜欢与怜爱几乎写进了他的每一部文学作品之中。甚至在长篇小说《刺猬歌》中，径直就用这个动物名称作为小说的书名。他特别喜欢刺猬，小时候海外的那片丛林中最多的就是这个动物：

> 在万松浦，一说起刺猬都会心情舒畅。因为这种动物憨态可掬，不仅对人友善，对周围的一切也都无害而有益。而且这里的刺猬非同一般地洁净，毛刺上简直没有一点污痕。它们默默无声，待在自己的角落。如果接触多了就会发现它们像人一样，是那样地有个性。有的毛手毛脚不稳重，有的十分沉着；有的自来熟，见了人一点都不陌生，一直走到跟前寻吃的；有的一见人就球起来，或者慌慌逃离。（张炜，2014：235）

在小说《刺猬歌》中，在外面闯荡一阵之后仍然回到了滨海莽原的廖麦，自在地生活在这片万木葱郁、鸟语花香的土地。他与至爱的女人一起，兴味盎然地经营着一片农场，过着晴耕雨读、自足美满的生活。然而，以天童集团为代表的现代工业集团，打破了千古以来的宁静，拉开了破坏自然、驱赶动物的大幕。他的抗拒与固守，终究改变不了大开发的命运。他最后只能无奈地放弃，逃亡更远、更深处的野地。

在中外文学史上，许多优秀的文学大师都在作品里精心地描绘过色彩绚烂的大自然和各种各样的动物，并让它们成为作品中精彩绝伦的有机部分。除了张炜极为喜欢的托尔斯泰之外，英国戏剧大师莎士比亚也是叙写大自然和动物的高手。大作家雨果曾经这样评价动植物在莎士比亚剧作中的运用："在莎士比亚作品中，百鸟在歌唱，灌木在抽叶，人们心心相印、息息相通；云彩在游荡，天气时冷时热，晨钟暮鼓，朝发夕至；森林窃窃私语，人们促膝交谈。"[1]

而在张炜这里，文学作品中随处可见的动物的欢笑、神秘的大自然，其实正是他诗性写作观的具体外化。他熟悉大自然，热爱大自然，喜欢动物，也能描写动物，这使他能够将大自然与动物完美地融入作品，同时，他秉持的诗性写作观，也使得他不遗余力地将它们写进作品，为他的文学理想增光添彩。他的作品色彩斑斓、摇曳多姿，是中国当代文学的重大收获。

歌颂大自然与动物是张炜作品的鲜明印记，也是他文学观念的又一主要内容。

四

在具体的艺术手法方面，张炜仍然坚持着他的诗作写作观念，并作出了自己个人的独特理解。同时，也存在着某种程度的理解偏差。

他认为，中国当代作家的创作应该继承的是古典诗、文的传统。他说："中国文学的传统是高贵的。《红楼梦》以前'小说'这种体裁，基本上还算不得文学。那时的文学主要是诗和散文——多么绚烂，多么高贵。我们今天真正的文学恰恰是继承这个传统的。"（张炜，2014：232）他觉得《三国演义》《水浒传》《西游记》等传统小说，表现的只是世俗的生活与大众的趣味，真正高雅的充满诗意的精神产品只是停留在古典诗文之中。他反问道："现代小说为什么不可以继承自己民族伟大的文学传统，如中国的诗和散文的品格气质？它们的语言，还有形式的诸多方面，都是最易复活的。它们比起生冷的西餐，可能要好消化得多。"（张炜，2014：164）他主张现代小说接续

古典诗文的传统，而不是沿着传统小说的路子发展下去。现在的文学作品，应该是集哲学、美学、历史、小说和诗于一体的散文。而现代小说，则应该是膨胀的诗。他自信地宣告："最好的现代小说家只能是、也必然是最好的诗人；否则，二者都不是。"（张炜，2014：262）传统诗文的价值应该得到极大的发挥，它仍然处于光荣的高地，滋养着当代文学的生长。这可能也正是他将他的创作定义为诗性写作的主要原因。

基于他对小说的独特理解，他觉得真正属于诗性写作的小说应该在以下三个方面倾注热情：

> 一个作者随着对文学写作的深入理解，对于诗性写作的把握力会变得强大，在表达上就会进一步压缩故事，膨胀细节，依赖语言。（张炜，2014：515）

先谈谈压缩故事。

著名作家莫言在瑞典发表的诺奖感言中，认为他是一个讲故事的人，而同样作为山东著名作家的张炜，则与之大相径庭。张炜说："作家如果只是讲故事的人，这并不算什么。"（张炜，2014：235）他觉得在当下主要有两种不同类型的小说，一是靠情节的生动新鲜取胜，另一是凭借境界、意味吸引读者。前者是通俗文学，后者是雅文学。例如，对于他家乡的蒲松龄的《聊斋志异》，他就认为它不是《诗经》和《离骚》的传统，它的文学性还不够。他感到："我们在阅读这本书的时候，有些很矛盾的想法，一方面喜欢它的奇巧，被它娴熟的讲故事的手法所吸引，为之倾倒；另一方面，又常常产生一些抗斥的心理，觉得创作者对一些趣味不高的东西有过多的兴致。"（张炜，2014：525-526）他觉得《聊斋志异》太民间化，太俚俗化，在趣味上也不高古纯洁。至于《金瓶梅》，他更是觉得其肮脏，足够一代一代人接连不断地清扫。他认为当下的许多小说都是老套的故事，无非生死离别、阴谋暗算等等，看着都让人心酸。他感到真正新鲜的有特色的小说应该是：

---

[1] 转引自翟灿：《莎士比亚的植物隐喻》，《文艺报》2018年5月4日。

在我们看来，一部小说要真正做到好读，使你不觉得冗长，仅靠情节的紧张曲折是绝对不行的。在真正有深度的读者那里，他一眼就可以看出你的字里行间是否流动着一种激情，是否有着心灵深处的颤动。如果真有，它就会像火焰一样在纸面上跳荡。这些东西远比一些情节因素更为新鲜和刺激，它要打动你，最终也就依靠这些。（张炜，2014：430）

在张炜看来，现代小说的故事比之传统小说，要更为简洁、凝练，更为朴素、内在。它的闪光点应该在小说的深处，在更高的层面上。小说应该矜持、庄重而又含蓄，应该极大地压缩传统的衔接链条，而肆无忌惮地放大个性的局部。亦即他关注的第二点，即膨胀细节。

细节，就是一个个生动有趣的生活片段，在小说中，它能渲染人物的性格，营造作品的意境，烘托感人的艺术氛围。例如刘鹗的《老残游记》和李汝珍的《镜花缘》，他觉得尽管社会诉求强烈，劝谕目的清楚，然而，由于作品中细节的生动有趣，仍然能够给人带来艺术的享受。"《镜花缘》写到菊花怎样开，《老残游记》写人物的细节，都让人觉得新异。它保留了原汁原味的生活细节，保留了当时的色彩和韵致，是这些难以言表的局部的组合，掩盖和抵消了裸露的瑕疵，令读者欣赏和快慰。比如托尔斯泰，有那么强烈的理性诉求，但同时其感人的力量、细节的丰腴又让人叹为观止。后者会抵消或弥补前者，或者说双璧兼收，理性和感性同样发达。"（张炜，2014：424）这是他理想的文学情景，没有曲折传奇的故事，而是通过大量的生动细节的组合，使小说达到熏染人心的目的。

《九月寓言》中的这段场景描写，庶几可以看作细节生动的成功样本：

满天的星星在口哨里溅出了火花，赶鹦的腰身在月光的洗涤下显得越发娟秀。周身上下都散发出再清楚不过的千层菊花味儿。她的打了补丁的碎花裤子，那件褪了颜色的条绒布衣服，都变得一片芬芳。她提议将篮子放在沙岗上，大家跑到坡地上去——说着第一个冲下了山岗。大家欢呼着，像骑兵高举马刀那样擎起叉棍跑去……宝驹的鬃毛在月色里，开了，微微泛红。追赶宝驹啊，油黑闪亮，毛色像缎子一样的宝驹啊。就连憨人也一蹦老高，就连肥也气喘吁吁。（张炜，2014：143）

在这迷人的九月夜晚，赶鹦、憨人和肥这群年轻人尽情地欢笑着、奔跑着，活得恣意盎然，在荒滩上留下了让人难忘的青春身影。在张炜眼中，这些活泼动人的细节，才应该是作家努力追求的奋斗方向。

第三点是语言。

张炜是一位特别重视文学语言的作家。他觉得语言是进入文学的唯一窗户，它给你语言艺术的快感与陶醉，让你在语言所能营造的境界和意味中领悟，给你其它艺术所不能给予的愉悦和享受。他追求文学语言的质朴。"语言当中最有力量的还是名词和动词，它们是语言的骨骼，是起支撑作用的坚硬部分。如果重视并突出它们的作用，语言就会变得朴实有力。状语部分是附着的肉和脂，没有不行，太多了就得减肥抽脂，不然要影响到行动。"并举例说："比如我们写道某某哭了笑了，大多数时候只直接说就行了，完全不必要加上'生气地'、'抹着眼睛'，不必加上'高兴地'或'咧着嘴巴'。这些修饰成分大多数时候有百害而无一利。"（张炜，2014：453）这其实也是他文化保守主义和道德主义激情的又一表现。他感到一个强健的人，常常不用装饰味很浓的语调说话，也不会用干枯的语调说话；而一个质朴的老实人，也不会使用一种矫揉造作的语气；一个在生活中自然随性的人，也一定会用她自己的方式说话。语言的气味是从灵魂深处散发出来。只要是来自真心，那就是诗的语言。这也是张炜文学语言的基本特色。

张炜曾反复阐述过他的文学主张："文学的本质是诗，而诗是难以通俗的。"（张炜，2014：7）无论是在作品内容上对官僚主义、技术主义、武侠小说的反对，对大自然和动物的赞美，还是在艺术手法方面对于压缩故事、膨胀细节和依赖语言的个人主张，都真实地反映了他诗性写作观念的具体内容与实质要求。相对来说，我们对于前者持肯定与赞赏的态度，而对于后者，则有些保留。尤其是在压缩故事方面，我们认为小说文体的性质决定了故事的极其重要性，而不能与诗歌、散文完全一致。小说，尤其是长篇小说，如果忽视了故事的骨骼作用，到头来只能是一盘散沙。在此，当代作家莫言的观察可能是有借鉴意义的："大约十几年前，文坛上曾经有过一阵小说要不要讲故事的争论。许多比较前卫的小说家也进行过淡化小说的故事要素的实验。这些争论和实验，对于丰富小说的表现方法，拓宽小说的理论界定，毫无疑问发挥了积极的作用。但这种不讲故事的小说，就像试验田里的一个不成熟的农作物品种一样，始终也没获得大面积推广的资质。而讲述故事的小说还是小说的大多数，那些获得了普遍认同、引起读者关注的小说，无一例外地都是用精彩的方式讲述精彩故事的小说。"[1]

张炜的诗性写作观，在泥沙俱下的商品经济大潮的背景下，犹如漫漫长夜中的一柄火炬，温暖了人性，照亮了前程，崇高而坚强。然而，他对小说故事和语言过于朴素化的理解，也在某种程度上远离了艺术，疏离了读者大众，不免又有几分悲壮和苦涩的味道。

（作者单位：复旦大学中文系 教授、博士生导师）

---

[1] 莫言《鲜明的法律之美——〈刑场翻供〉评点》，见《北京秋天下午的我》，第357-358页，海天出版社2007年出版。

"草木有本心，何求美人折"——从《艾约堡秘史》看张炜的文化转向

邱田[1]　（电子科技大学外国语学院，成都 610000）

© 2021　比较文学与跨文化研究，29–35 页

摘要：张炜的《艾约堡秘史》是一部文化转向之作。小说从"二元思维"转向"多元思维"，回应了对作者"反现代性"的质疑，撕去了"道德理想主义"的标签。作者深切关注中国经济发展转型中产生的道德伦理和精神空虚的"荒凉病"。叙事从以往的逃离转向直面，打破了乌托邦的幻想，以塑造"典型人物"切入社会时代的剖面，拷问心灵深处的爱欲与贪念，追问物欲诱惑下人对于本心的持守。

关键词：张炜　文化转向　多元思维　典型人物

"这是一个什么时代？""拆毁重建的时代。"[2] 自1986年发表《古船》暴得大名以来，张炜已经创作了上千万字，早已成为当代文学的经典作家。史诗般雄浑的《古船》，诗意盎然的《九月寓言》，融入野地的《柏慧》，面向西部的《人在高原》，神秘诡谲的《独药师》，张炜似乎无意沉浸于往日荣光，总是在不断地"拆毁"，不断地"重建"，在时代的变幻中不断找寻属于自己的新的方向。于是，《艾约堡秘史》如期而至。2016年《独药师》发表时书的封底上赫然印着"这是张炜自《古船》《九月寓言》《刺猬歌》以来最具代表性的作品。"谁能想到仅仅一年多光景，这"最具代表性的作品"的名头或许就易主了呢？

《艾约堡秘史》讲述的是改革开放以来民营企业伴随社会经济腾飞的商海沉浮，也是历经"千辛万苦九死一生才走到今天"的"狸金"董事长淳于宝册的故事。名为"秘史"，其实并无多少秘辛可言，不过是写企业家早年间的苦痛与艰辛，发家后的矛盾与挣扎，追逐利益时的狠辣与犹疑，面对爱情时的霸道与彷徨，淳于是大时代里的大人物，宝册亦是大时代里的小人物。在前传与后传之间，伟大与渺小之间，作者追问的是历史与未来，亦是时代与个体。张炜立志要打破"黄牛不入画"的定式，用纯文学的方式书写当下，选择一个非常的主题，写企业家的爱情，写暴富阶层，写某一类人"身上迷人的魅力和人性的隐秘"。[3]艾约堡是淳于宝册发家后的居所，豪华奢靡又复杂精巧，是隐居避世的琅嬛福地，也是神秘封闭的集团心脏，但其洋气十足的名字却来自山东地区的土语方言"递了哎哟"，意指人在无可奈何之际不自觉的求饶呻吟。这种土洋结合的奇怪命名似乎正体现了主人的复杂个性，出身贫家、曾经饱尝民间疾苦的淳于宝册跻身暴富阶层，但这财富却建立在"一人暴富百命陨"（张炜，2018：237）的累累白骨之上，良心的拷问和欲望的贪婪纠结在一起，共同建构了淳于的精神血肉。同一个故事可以写成梁凤仪式的财经言情，也可以写成张炜式的"文学强攻"，可以充作晚间八点档的消遣，也可以发出关于这个时代的大哉问。

---

[1] 作者简介：邱田，电子科技大学外国语学院副教授。
[2] 张炜：《艾约堡秘史》，第357页，人民文学出版社2018年版。
[3] 张炜：《张炜〈艾约堡秘史〉创作谈：黄牛不入画》，《星河》2019年第1-2期。

一、多元思维与文化转向

在三十多年的创作生涯里，张炜早已被贴上了多种标签，比如他遵循"道德保守主义"，坚持"二元对立"，擅长"野地书写"和"诗性书写"，是农耕文明的守望者和现代进程的反对者。当人们谈论张炜，想起的是"大地精神"和"苦难叙事"，似乎农村与城市，传统与现代在他那里总是二元对立，不可兼容。张炜曾表示"一个人连最基本的'二元'之勇都没有，也肯定不会有起码的正义，更不会有什么'多元'的宽容和真实。"（张炜，2006：59）这种作家本人的自认似乎更加坐实了他是一个"二元思维"的人。从表面上看，张炜反对解构，反现代性，反全球化，认为"全球性的现代化从某种意义上来看，只能是一场使这个世界加速毁灭的疯狂的欲望行动。"（张炜，2003：243）甚至有论者将张炜在90年代的转变称作是对80年代启蒙精神"否定中的溃退与背离"，"张炜的现实批判方向却不是现代性的，他所站立的是绝望的、向后的农业文化立场，所表现的是一种守旧的、没落的文化对于现代文明发展的绝望与诅咒"。[1]然而在《艾约堡秘史》中我们却看不到这种所谓的"二元对立"，取而代之的反倒是一种"多元思维"，一种在黑白明暗之间的过渡地带。其实早在《独药师》里，读者已经难以看到非黑即白的两极对立，但这究竟是作者在文化取向方面的渐变转向还是叙事技巧带来的偶然遮蔽？或者我们需要进一步追问，何为现代性或反现代性？张炜过去是否真的是反现代性的？这一切似乎都只能通过文本细读来解答。

《艾约堡秘史》不是一部乡村叙事的小说，它讲述的是城市化进程中民营企业的壮大发迹，但这故事又与农村脱不了干系，主人公淳于宝册早年游荡于乡村和城镇之间，后期又以城市化进程为名从乡村获利。淳于的经历可谓是一代甚至几代国人的缩影，现代都市在中国的历史不过百余年，而这其中还牵涉到不同地域发展的不均衡，因此每一个人都能找寻到与乡村的联系，或者是自身的，或者是父辈的。在小说中农村与城市不再有明显的分界，城市化进程导致所有的农村都将变成或大或小的城市，成为现代都市文明的一部分。这不是侵入，不是影响，而是一种本质的改变，是"拆毁后重建"。"三道岗"已经变了，"矶滩角"也终将不存。张炜没有将农村与城市对立，而是写出了二者在转化过程中彼此依存甚至侵蚀吞没的黏着状态。在淳于宝册与吴沙原、欧驼兰的数次争论中，作者提出的实际是这样一种思考：保留传统是否就意味着贫穷落后？发展经济是否就必须面目全非？小说没有给出明确的答案，没有空洞的说教，也没有预设的立场，张炜通过多层次的人物内心传递出不同的价值观念和多元思考，这一次作者选择了让人物自己说话。欧驼兰痴迷于历史悠久的渔村和代表民间文化的拉网号子，但她对于渔村经济发展与渔民实际诉求的了解是否足够？吴沙原对渔村的守护固然可感，但他对资本的抵触是否存在过于书生气的一面？淳于宝册是生态破坏的罪人，也是经济发展的功臣，他对矶滩角不可谓不喜欢，但他是否有真心有能力保护古老的渔村？作者书写的开放态度将读者导向更为深层的思考，这不仅仅是矶滩角的问题，也不是主人公个人的烦恼，这是无人可以置身事外的社会症结。

农耕文明与工业文明常被视为对立的两端，当人们看到工业化进程带来的种种弊端时，便大声疾呼"人心不古"，追思起农耕时代的淳朴无邪；当人们痛恨现代文明发展的滞后时便将其归咎于农业文化的陈腐愚昧，渴望声光化电的启蒙。在之前的小说和散文中，张炜表现出的显然都是对于农耕文明的相亲相恋，这也成了他被批评的缘由之一。在《艾约堡秘史》中，农耕文明与工业文明之间仍然存在着冲突与分歧，暗流涌动之下彼此碰撞又彼此消解，但他们不再是二元对立水火不容的两端。吴沙原是矶滩角的保护者，他深得村民的爱戴与信任，为小渔村的发展殚精竭虑。这位书生和渔民结合体的村头既有文化又接地气，他懂得渔村悠久历史和民俗文化的可

---

[1] 贺仲明：《否定中的溃退与背离：80年代精神之一种嬗变——以张炜为例》，第32页，《文艺争鸣》，2000年第3期。

贵,但他并不是一味地守旧。当欧驼兰沉浸于拉网号子的艺术审美之时,吴沙原始终将村民的生存发展问题置于首端。吴沙原欣赏拉网号子的美感,却时刻不曾忘却这是寄付在劳动之上的副产品。随着工业化作业的开展,拉网号子也终究成为历史。矶滩角并不曾拒绝现代化,村民明白再美好的民俗文化也会随着工业化进程而成为不再具备实践价值的民俗表演或者进入书本成为学术研究的对象。当村头吴沙原、村民如老鲇鱼、饭店老板娘等人反对狸金对矶滩角的开发时,他们所拒绝的并非是工业文明或现代化进程,而是狸金那种破坏性的开发方式。矶滩角的渔民们热爱如拉网号子般的民俗文化,视"二姑娘"如保护神,但他们并不希望永远保持渔村贫穷落后的经济面貌。吴沙原曾对淳于宝册讲过对矶滩角的设想,他们"也千方百计谋求发展,正在做的事情很多。但我们暂时只想自己做,一点一点摸索,稳稳地做。"(张炜,2018:281)矶滩角的村民从狸金以往的开发历史中深刻地体会到了资本嗜血的本性,他们知道一旦狸金进驻,矶滩角只能任人鱼肉,因一时的穷困出卖土地便会导致整个村落的覆灭。生态的破坏将不可逆转,更糟糕的是人性道德的沦丧。通过"豪取豪夺"榨取"不义之财"最终只会造成"整整一个地区都不再相信正义和正直,也不相信公理和劳动,甚至认为善有善报是满嘴胡扯……"(张炜,2018:377)通过矶滩角和狸金的对抗,吴沙原们和淳于宝册的交锋,张炜探讨的是如何推进现代化进程的大课题。农耕文明中有什么值得保留与坚持的东西?工业文明的推动是否必然造成人的异化与扭曲?抛开立场预设和道德预判,《艾约堡秘史》呈现的是现代社会发展中必须直面的问题,在二元思维的定式之外,或许多元思考才能够在纷杂的现实中理出种种线索,在更加复杂与多面的情境下思考经济转型、城乡问题中的改革与持守。

早在《古船》里,张炜已经关注到卷入全球化市场的白龙粉丝所面临的竞争与挑战,这不能不说具有某种时代的前瞻性。但隋抱朴以救世主形象力挽狂澜的结局却让小说陷入了某种空洞之中,大团圆结局满足了读者的阅读期待,却丧失了将其引入更深思考的机会。手捧《共产党宣言》的隋抱朴或许正代表着作者意识形态的某种局限,《古船》仍然在缅怀历史,渴望政父的指引与带领。《独药师》中季昨非对老师和长兄感情深厚,但对于他们所怀抱的理想及其实现方式却不尽认同。"革命"与"人命"相比孰轻孰重?"世上的路本来就不止一条……"(张炜,2016:317),季昨非微弱的质疑湮灭在革命的火光之中,但这种对于父兄的不认同无疑是一种对政父的抛弃,《独药师》里多元的价值取向闪烁着人道主义的关怀,也代表着张炜创作的某种突破。《艾约堡秘史》回到当下书写时代转折、城镇进程和个人心灵,多层面交叠的线索却繁而不乱,始终以一种开放而平和的态度贴近人物内心,扬弃与坚守,卑微同伟岸,这一次,摒弃了二元思维的张炜不再是裁判官,而是引导者。

二、从逃避到直面:乌托邦的幻灭

张炜的身上萦绕着诗意,他的小说亦是如此。《九月寓言》和《柏慧》等一系列作品都充满了自然清新之感,以及对大地的深情厚谊。这种抒情的叙事固然能够予人以愉悦的享受,但是却缺乏《古船》中那种深刻的矛盾,因而有论者批评当张炜因融入野地而幸福时,"在写作上他却必须付出代价:丧失冲突的内在性与复杂性。"[1]事实上这种诗意的抒情一方面来自作者的文化气质,另一方面也是面对纷繁现实时的一种避世。张炜笔下的诗意究竟是海德格尔的"诗意栖息地"亦或是文人士大夫的隐于山林此处暂且不做讨论,但小说不断出现逃离意象,营造出的乌托邦幻想已经成为张炜作品的一种特色。《柏慧》里的葡萄园,《九月寓言》中的村落,甚至《古船》中的古船和古城垛都无不闪烁着理想主义的色彩,成为逃避俗世的栖息地,张炜也因此被称为"大地乌托邦的守望者"(谢有顺语)。

---

[1] 谢有顺:《大地乌托邦的守望者——从〈柏慧〉看张炜的艺术理想》,第74页,《当代作家评论》,1995年第5期。

"草木有本心，何求美人折"——从《艾约堡秘史》看张炜的文化转向

沈从文笔下的湘西世界同样充满着诗情画意，是现代文明世界以外的隔绝之地。美丽的边城有如桃花源一般：白塔、黄狗、渡船与天真的少女共同构建了一个纯朴而未经现代文明侵蚀的化外之地。张炜和沈从文的共通之处在于诗意书写中"反现代性"的一面，也在于对人与自然保持和谐关系的强调。诚如齐格蒙特·鲍曼所言："在现代性的历时过程中，唯有背离点才是确定的"，并且"现代性是一种不可遏制的向前行进"。[1] 沈从文与张炜均意识到了这种不可阻挡的时代趋势，他们虽然不知历史会驶向何地，但却能清晰捕捉到其背离之点，这正是所谓"现代性"对传统生活方式与道德伦理的破坏之处。在这种情境下构建一处可以修养精神的乌托邦就成为创作的自然选择。然而张炜往往沉浸于野地自然所带来的抚慰感与安全感，沈从文的田园牧歌背后却有着"蕴藏的热情"与"隐伏的悲痛"，沈从文清醒地意识到"这个世界，无论怎么堕落，怎样丑恶，都是他写作取材时唯一的世界：除非我们留心到他用讽刺手法表露出来的愤怒，他对情感和心智轻佻不负责任态度的憎恨，否则我们就不能全面欣赏到小说田园气息的一面。"[2] 缺少了这点热情和悲痛，讽刺与憎恨，张炜的大地乌托邦难成其大，只能作为避世的桃花源聊以自慰。

在《独药师》里，张炜已经厌倦了"躲进小楼成一统，管他冬夏与春秋"的逃避。季昨非重修了石头碉楼，将其改造成禁锢自己的监狱。然而在度过了三年自我囚禁的时光之后，他最终还是选择走出阁楼，承担起自己应尽的责任，重建与社会人群的联系。如果说这是张炜对于大地乌托邦疏离的开始，那么到了《艾约堡秘史》，作家则彻底完成了对乌托邦的抛弃，从逃避转向了直面。

艾约堡，艾约堡背后松柏茂竹掩映下的庭院和偏僻的渔村矶滩角，这三者都可算作是作家营造的避世之所，耽溺精神的乌有之乡。但是细读之下可以看到张炜正是通过这三处打破了以往的乌托邦幻象。艾约堡，本身即是固若金汤的堡垒，表面看起来是淳于宝册做太上皇颐养天年的居所，实际却是狸金集团的心脏。艾约堡不是隐居之地，而是开战时的指挥所，招待权势人物时，这是最安全的会所甚至淫窟，布置任务时，这是遥控中心和指挥中心。淳于宝册就仿佛是一只硕大的蜘蛛，在艾约堡里吐丝织网，将猎物一一捕获。红色屋顶的庭院是一处最舒服的所在，原本是为李音老师的父亲而建。这里似乎是远离尘嚣的世外桃源，艾约堡里的员工近在咫尺而不见。淳于宝册说这处庭院"多么适合隐居。太安静了，我们艾约堡成了这里的屏障"，第一次来到此处的蛹儿虽然觉得"这里可以形容为狸金内部悄藏的一颗珍珠"，但她随即明白这颗珍珠并非为她而设，也盛不下淳于宝册"这样的大动物"。（张炜，2018：276）淳于一心想要奉养的恩人李一晋并未接受这隐居之所，他觉得这不是他的归宿，淳于明白让老人失望的不是居所，而是整个狸金和他本人。（张炜，2018：277）庭院再静谧也隔绝不了狸金掀起的血雨腥风，隐居再舒适也遮掩不了淳于对待他人的心狠手辣。作为李音之父，一个有良知的知识分子，老人无法接受淳于的奉养，也不愿将自己封闭在这人造的乌托邦幻影中。蛹儿认为"这儿太好了，谁都不配"，淳于却说"总会有人住进来，会有这一天的……"（张炜，2018：278）如果有人配得上这颗珍珠，那么谁会是主人？书中没有交代，但细心的读者不难猜出淳于属意的主人必然是欧驼兰。只可惜李音之父拒绝的理由同样是欧驼兰不可接受的缘由。如果欧驼兰接受了，那么她便不再是有独立思想的民俗专家，这里也不会成为理想的乌托邦，隐居之所将变为藏娇金屋，欧驼兰也不过是一只笼中金丝雀罢了。

当艾约堡及其附属的隐居之所都丧失了乌托邦的属性，全书中最符合大地乌托邦性质的海边渔村矶滩角又如何呢？这个远离尘嚣的海角天涯，拥有七八百年历史的老渔村怎么看都是一个避世忘俗的理想之地。不必说蓝色的天空和大海，不

---

[1] 齐格蒙特·鲍曼：《现代性与矛盾性》，第17页，商务印书馆2013年版。
[2] 夏志清：《论沈从文小说》，第262页，《文本与阐释》，译林出版社2019年版。

必说美味的黄蛤和琵琶虾，也不必说长长的草寮和黑石小巷，单是捕鱼时渔民所唱的拉网号子就足以让人神往。张炜建造了这个最具乌托邦色彩的符号，又亲手将它拆毁打碎。狸金集团与矶滩角最大的矛盾貌似在对未来规划的分歧上。老肚带设想的是游艇、白色沙滩的现代度假地，矶滩角则希望保留村庄原貌。淳于宝册在和吴沙原的数次交锋后，在与欧驼兰的几次交谈后做出了妥协——从一开始同意保留一部分海草屋建造民俗馆，到最终答应原封不动地保留矶滩角的渔村全貌。淳于宝册觉得自己已经对矶滩角网开一面，做到了所能妥协的极限。然而村头吴沙原仍然拒绝了，这不禁让淳于既愤怒又不解。"说白了不过是名义上的兼并，你们失去了什么？""我们失去的太多了！我们不再是独立的村子，我们成了砧板上的肉！只要你们愿意，随时都可以剁烂……"（张炜，2018：373-374）吴沙原及矶滩角的村民意识到，只要与狸金合作，即便能保留渔村的原貌，矶滩角也将丧失其主体性，变成一座徒具象征意义的假村庄真景点。正因为认识到了狸金改造渔村的本质，矶滩角才拒绝其提出的一切条件，无论表面上看起来是多么地诱惑。这不禁让人想到《红楼梦》里当贾政对大观园里的杏花村多加赞赏时，宝玉却指出"此处置一田庄，分明是人力造作成的：远无邻村，近不负郭，背山无脉，临水无源，高无隐寺之塔，下无通市之桥，峭然孤出，似非大观，那及前数处有自然之理、自然之趣呢？"[1]当左右两旁的村落都已经不存，夹在中间的矶滩角就成了人力造作而成的景点，再无半点自然之理、自然之趣！淳于宝册上过"流浪大学"，可能却不曾读过《红楼梦》！淳于一再将矶滩角称为"世外桃源"，承诺狸金将为矶滩角保住这个"桃源"，但吴沙原则直言不讳地指出狸金所欠下的累累血债。在横扫一切的资本面前不存在任何例外，既容不下乌托邦的幻象，也不可能有世外桃源的存在。

"这是一个拆毁重建的时代"，张炜亲手建造了乌托邦的幻象，又亲手将其拆毁。《艾约堡秘史》里没有力挽狂澜拯救渔村的英雄，也找不到可以遁世避祸的桃源，有的只是吴沙原这样的悲情英雄。小说结尾吴沙原们已经明白，矶滩角必败，狸金必胜，然而却不会完胜。"我们会在这个过程失败，但你们也要承受最不愿意承受的那一份……"（张炜，2018：378）打破了乌托邦幻想的张炜从逃避转向直面，吴沙原成为了堂吉诃德式的英雄，《艾约堡秘史》也因具有了某种悲剧精神而愈加厚重。

三、"典型人物"的真实与丰盈

《艾约堡秘史》的各色人物不乏生动丰厚的形象，与以往相比，张炜在人物塑造方面似乎也有所转向，这种改变或者说精进主要体现于两个方面："典型人物"的丰盈；女性形象的真实。

淳于宝册无疑是全书最重要的主人公，也是张炜着力塑造的"典型人物"。淳于身上既有浪漫多情的文人气质，也有狠辣果决的商人手腕，他既有善良富有同情心的一面，亦有贪婪而缺乏底线的一面。如果说与《古船》中的隋抱朴相比，淳于显然更为复杂多面，体现出张炜近年来功力的成熟。隋抱朴式的人物虽然不至于是高大全式的完美形象，但他的缺陷只在于性格而非道德，这一点与淳于有很大区别。被贴上"道德保守主义"标签的张炜习惯于塑造有小缺陷而无大问题的经典形象，大节有亏的人很难成为张炜小说的主角，淳于宝册算是一个例外。狸金的发迹是以生态的毁坏和人命的丧失为代价的，这一切作为集团董事长和企业领头人的淳于宝册难辞其咎。无论小说中蛹儿怎样为情夫开脱，老政委和老肚带的形象如何负面，这个文质彬彬谦和有礼的淳于，曾经亦是劳苦大众一员的宝册都绝非良善之辈。淳于宝册将意气风发、事业有成的企业家和做了亏心事，患上荒凉病的中年人集于一身，他身上的矛盾性恰恰体现了典型人物的真实性。张炜以往的作品还从未有过如此令人费解的深沉形象。

淳于宝册到底算是好人还是坏人？他的反省

---

[1] 曹雪芹：《红楼梦》第一卷，第194页，人民文学出版社1974年版。

与悔恨是真抑或假？对于爱情的追求能够使他改过自新，找回对正义和善良的持守吗？作者对淳于的态度是同情？是质疑？是姑息？是否定？张炜的态度隐而不彰，但读者依然可以从作者有意留存的蛛丝马迹中略窥一斑。

矶滩角的老鲶鱼曾经一语道破淳于宝册的本质是吃人的老虎，"老虎不吃人时，逗玩蛮好的，可千万不要忘了它是老虎……"（张炜，2018：371）早年的宝册受益于三道岗，但在发迹之路上他不但没有回馈恩情地，反而首先将其掏空，觉得"最后留下一个空壳也算对得起他们"（张炜，2018：200）。此时的宝册与其说是老虎，不如说是豺狼，一头白眼狼。淳于还是多愁善感容易流泪的老虎，争夺金矿的火拼，化工厂毒气泄漏，村落里癌症病人激增，种种罪恶发生的时候淳于宝册总是忏悔流泪，拿出丰厚的慰问金，这哪里是双手沾满鲜血的刽子手，简直像一个大善人，"像个孩子那么单纯，人说是菩萨转世。"（张炜，2018：237）《红楼梦》里金钏跳井而死的时候王夫人也是流泪念佛施以恩典的，但这并不能掩盖她逼死无辜少女的事实。淳于宝册也是一样。在他喜欢的大学生"眼镜兔"被殴打致死的时候，淳于的"泪水哗哗流下来"，他"悲伤难忍"，给予"眼镜兔"的姐姐一大笔抚恤金，心里暗暗发誓"要以最严厉的方式惩罚凶手"。（张炜，2018：362）但是保安处长得到惩罚了么？殴打"眼镜兔"致死的人得到惩罚了么？欺辱"眼镜兔"女友的官二代得到惩罚了吗？在淳于宝册的心里"眼镜兔"之死是因为沾了不该沾染的地方，碰了不该碰的人，保安处的狠绝不过是"芳兰当户不得不锄"！好一个假慈悲真伪善的淳于宝册！

另外一处能够拨开迷雾看清淳于本质的是他对待爱情的态度。《艾约堡秘史》多次提到淳于对于爱情的向往，似乎这是人生的希望所在，也是能够将他从噩梦中拯救的良药。如果说老政委是淳于被动的选择，那么蛹儿和欧驼兰则是他主动的追求。但是淳于对待这两个爱人的态度同样令人玩味。蛹儿是淳于的情人，但他却将她视为狸金的"大杀器"，可以在饭局中用以撩拨吴沙原。这种可以利用，可以出借的情人又有什么爱可言？欧驼兰是淳于宝册一见钟情的女人，他多次表示对欧驼兰的不忍伤害，然而在利益面前，女人的价值不值一提。淳于将矶滩角与欧驼兰视为一体，均是他围猎的对象。为了爱情而舍弃金钱是不可能的，为了欧驼兰而舍弃矶滩角也同样是不可能的。虽然一再表示对纯爱的向往与渴求，甚至羡慕蛹儿第一任男友跛子，但淳于从不知道赢得爱情究竟需要什么。他所谓的纯爱就是用金钱去换取，去购买，去围猎。即便对待欧驼兰，淳于想到的仍是开出一份诱人的价码逼其就范。他始终不明白打动人心的永远不会是利益，而是同等的尊重与诚意。追寻爱情，标榜爱情的淳于对待女性却始终"宠而不爱"，这种玩物般的游戏态度自然无法获得真心，而始终"在路上"的淳于又何尝不是悲剧的主人公？有论者批评张炜对待淳于的态度暧昧不明，替其抹去了发迹路上的血迹，遮掩了剥削的本质，但这种复杂的情绪和悲悯的态度或许正是张炜人物塑造的匠心之处，也是"典型人物"之所以真实与丰盈的原因。

《艾约堡秘史》中女性的形象亦有所转变，人物较之前更为真实与饱满。以往在张炜笔下塑造的多为丰乳肥臀"地母"式的女性，她们能包容一切，抚慰人心，在男性失意时陪伴，得意时隐退，简直是召之即来挥之即去的田螺姑娘。《古船》里的大喜无怨无悔，被背叛时能够为爱情自杀，爱人患病被抛弃时又能够尽释前嫌端茶递水。《独药师》里的朱兰对主人季昨非忠心耿耿，在老爷被小白花胡同的白菊迷惑时她能够打破戒律以侍寝的方式劝其回头，当季昨非爱上陶西贝之后她又能够退回主仆关系，衷心为老爷高兴，勤恳地侍奉主母。张炜笔下的女性似乎总是自带圣母光环却唯独缺少一点真实感。

《艾约堡秘史》中的蛹儿是一位美艳动人的尤物，她有过两任男人，所到之处无不引起骚动。这样一位见过"世面"的美貌女子却在遇到淳于宝册之后洗尽铅华，一心满足于做艾约堡的女管家和男主人的地下情人。粗略一读似乎蛹儿又是一个"朱兰"，身上充满了封建落后的韵味。然而细读之下，蛹儿的血肉感兀自浮现。小说中用了三章的篇幅讲述蛹儿的情史，对于淳于宝册的描写亦多溢美之词，然而点睛之笔却是蛹儿感知的淳于宝册身上"不可抵御的臣服感"，"这人让她服从，会把她领到很远的地方。"（张炜，2018：53）这种臣服感让蛹儿放弃了爱情的独占性，消解了应有的嫉妒，也丧失了基本的是非观念。她抚慰淳于的情绪，在他"荒凉病"发作时宽慰他是一个菩萨式的好人。如果说蛹儿温柔如解语花，绵顺似羔羊的原因是那种不可抵御的臣服感，那么我们不禁要问：这种臣服感又源自何处？蛹儿认为淳于宝册"集中了所有男人的优长与魅力：沉着、坚毅、神秘、率真，而且还有未能消磨净尽的纯洁"（张炜，2018：55），似乎男性魅力正是淳于征服蛹儿的制胜法宝。然而拨开张炜的障眼法，隐瞒身份的淳于宝册，无论是作为出现在书店的顾客，抑或是游荡于小渔村的旅客都不过是一个50来岁其貌不扬的普通大叔。臣服感也好，爱恋感也罢，蛹儿的情感只有戴上金钱权势的滤镜才能看到。拜倒在金钱下，沉迷于权势的蛹儿实实在在是一个普通女人，她被狸金集团的光辉笼罩，渴望董事长的照拂与庇护。昧着良心说淳于是活菩萨的蛹儿恰似《红楼梦》里因金钏之死安慰王夫人的宝钗，不是不知真相，盖因利己而已。蛹儿温柔表象之下隐藏的世俗心和功利心恰是张炜笔下女性形象的大突破。

四、结语

《艾约堡秘史》里矶滩角拒绝了狸金集团的开发改造，即便是最好的情况——保留矶滩角的全貌也不接受狸金。虽然明知资本的进攻不可阻挡，但吴沙原和他的朋友们仍然决心尽全力保护他们的家园，不让狸金取得"完胜"。这种悲情的努力代表着道德对物欲的胜利，亦是对善良、正义等美好品质的持守。这不由地让人想到一句古诗："草木有本心，何求美人折。"对矶滩角的村民来说如此，对于作家张炜来说亦如是。在数十年的创作生涯里他始终坚守本心，不曾为外界的风向所动，遭遇过质疑与误解，却未有过跟风与谄媚。在《艾约堡秘史》中可以看到张炜创作的变化，这种转向体现于"多元思维"的开放性，"大地乌托邦"情结的幻灭，也体现在"典型人物"的真实与丰盈。

《艾约堡秘史》的文化转向在某种程度上是一种澄清。事实上作家并非一味耽溺于田园牧歌式的农耕文化，他所反对的绝非现代文明，而是现代进程中人的异化，小说探讨的是如何推进城镇化进程，如何保护物质或非物质文化遗产，也是在物欲贪念之下怎样坚持内心的价值判断和精神持守。"多元思维"也许是意识形态的祛魅，而当初的"二元思维"亦有可能不过是"道德保守主义者"强烈的善恶观念。矶滩角的村民尚且知道"覆巢之下焉有完卵"，世间本不存在独立于社会历史之外的乌有之乡。作为"典型人物"的淳于宝册善恶并存，复杂多面，他这种假正经真伪善的做派，恰好体现出人物形象的丰厚之处。

自此之后，张炜身上"反现代性"的标签似乎可以撕下了。然而细究起来，"现代性"究竟意指何物？所谓现代性，"标榜的是个人的重要性、知识的重要性、知识对于社会的影响力"，"从五四开始到现在，中国知识分子始终认为自己可以影响社会"，"这样一种心态更加证明了中国所谓现代性并没有完结。"[1]中国人追求现代性的过程，即是"一个世代里面文人知识分子如何苦心孤诣地介入历史和现实"的过程，而"面对乡土世界，无论是哀怜，抑或颓废，这样的情绪，都因为有了都市的对照或容受，方能成其大。"（李欧梵，2019：447-449）如果从这个意义上说，张炜从来不曾"反现代性"，他自身就是现代性的践行者。

---

[1] 李欧梵：《现代性的想象》，第395页，联经出版2019年版。

大物时代的天真诗人和孤独梦想家——张炜引论[1]

赵月斌[2] （山东省作家协会文学研究所，济南 250002）

摘要：张炜的文学生涯持续了近半个世纪，他通过千万文字写出了一个异路独行神思邈邈的"我"，对这个时代发出了沉勇坚忍的谔谔之声，用"圣徒般的耐力和意志"创造了一个天地人鬼神声气相通，历史与现实相冲撞的深妙世界。张炜是一位天真诗人，诗不仅是他的"向往之极"，而且是他全部文学创作的基点，"诗"成为他获取自信、成就"大事"的原动力。对张炜来说，写作就是一场漫长的言说，是灵魂与世界的对话。他为濒危的世界找到了一条中国式的生存之道，同时也透露出一种以退为守，以守为攻的隐逸倾向。就像一位从显形世界回到隐形世界的孤独梦想家，张炜从非诗的阴影里走向了诗，在亵渎神的背景里找到了自己的"神"。

关键词：天真诗人 童年精神 故地情结 孤独梦想家

一

即时的命名往往带着过时的危险。对于所处的时代，谁能一语道破它的真髓呢？人类无时无刻不是生活在无果的变局中——哪个时代无疑都是重要的，哪个时代都是当局者迷，我们就像爬在莫比斯环上的蚂蚁，似乎每一步都在前进，又似乎每一步都是重复，所在之处即为中心，所谓中心又不过是世界的尽头。人类的命运，大概永难脱苦难轮回，永难达到至善至美。其中原委，谁能说得清？哲人尝言："凡是不能说的事情，就应该沉默。"[3] 然而这世上总有一些心事浩茫、兴风狂啸的人，他们往往看穿了华灯照宴，看透了太平景象，于是乎失望而至绝望，绝望而又企望，既而奢望，进而像西西弗斯那样"致力于一种没有效果的事业"，[4] 像孔夫子那样"知其不可而为之"，[5] 像鲁迅那样"于无所希望中得救"。[6] 这些荒谬的英雄不甘于沉默，不顺服于他们的时代。他们用徒劳的一己之力留下了人心不死的神话。

太史公在《报任安书》中说："古者富贵而名摩灭，不可胜记，唯倜傥非常之人称焉。"[7] 所谓"倜傥非常之人"，即是像孔子、屈原、左丘明那样的忧愤之士，他们因为"意有所郁结，不得通其道"，（班固，1964：2735）方才发愤著书，以求以文章传世。为了立言明志，即便受辱丧命，也在所不惜。此司马迁所云："虽万被戮，岂有悔哉！"（班固，1964：2735）时至今日，这种士人风骨愈发鲜见，招摇过市的是犬儒乡愿，巧言令色之徒，写作成为一种投机钻营的功利行为，世上再无舍生而取义的苏格拉底，亦无"宁鸣而死，不默而生"的范文正。说起来写文章原非如此危险，一代一代以文名卖文为生的很多，因言获罪、

---

1 本文节录自张炜研究专著《张炜论》之引论部分。
2 赵月斌，批评家，作家。
3 维特根斯坦：《逻辑哲学论》，郭英译，北京：商务印书馆，1986 年，第 20 页。
4 [法]加缪：《西西弗的神话》，杜小真译，北京：生活·读书·新知三联书店，1998 年第 2 版，第 142 页。
5 《论语·宪问》，杨伯峻译注：《论语译注》，北京：中华书局，1980 年第 2 版，第 157 页。
6 鲁迅：《墓碣文》，《鲁迅全集》第 2 卷，北京：人民出版社，2005 年，第 207 页。
7 班固：《汉书》，颜师古注，北京：中华书局出版社，1964 年，第 2735 页。

为文丧命的终是少数。更何况，有的人之所以背负厄运，不是因为生不逢时，不是因为不识时务，而是因为他们把文章得失看得比性命还重要。当他们决意"究天人之际"、"为天地立心"的时候，就注定要付出可怕的代价，大概这也是自司马迁至鲁迅以来，中国的人文传统总也死不了、垮不掉的原因吧。

当我们试图讨论张炜的时候，不免也要考量作家与时代的关系，探究他的文学立场和精神向度，显然，在他的作品中多少会显露一种高古老派的清风峻骨，他的写作虽非金刚怒目剑拔弩张，却从不缺少暗自蕴蓄的幽微之光，不缺少地火熔岩一样的"古仁人之心"。张炜用他的天真和梦想道说时代的玄奥，把苍茫大地和满腔忧愤全都写成了诗。

二

当今时代，把写作当生命的作家，还有吗？当然，肯定有，而且很多，有几个人愿意把写作说成玩文学呢？但凡写点东西的，很会和个人的生命体验相关联，把写作比喻成生命，也是一种方便顺口的说法。至于果真把写作和生命融为一体，完全为写作而生，以文学为命的，恐怕就少之又少了。这极少的当代作家中，张炜该是尤其显目的一位。张炜不只是以文学为志业，更是把它作为信仰和灵魂。他认定文学是生命里固有的东西，写作是关乎灵魂的事情。"写作是我生命的记录。最后我会觉得，它与我的生命等值。"[1]对张炜而言，写作就是自然而然的生命本能，就像震彻长空的电火霹雳，释放出动人心魂的巨大能量。它源于自身并回映自身，同时也照彻了身外的世界。我们看到，张炜的文学生涯持续了近半个世纪，不仅创造力出奇地旺盛，且每每不乏夺人耳目之作。19岁发表第一首诗，60岁出版第20部长篇小说，结集出版作品1500余万字，单从创作量上看，张炜可算是最能写的作家之一，而其长盛不衰的影响力，也使他成为当代文学的重镇，

蜚声海内外的汉语作家。无论是位列正典的《古船》《九月寓言》，蔚为壮观的长河小说《你在高原》，还是境界别出的《外省书》《刺猬歌》《独药师》，以及风姿绰约的中短篇小说、散文、诗歌乃至演讲、对话等，莫不隐现着生命的战栗和时代的回响。张炜通过千万文字写出了一个异路独行、神思邈邈的"我"，对这个时代发出了沉勇坚忍的谔谔之声，他用"圣徒般的耐力和意志"(张炜, 2013：286)创造了一个天地人鬼神声气相通，历史与现实相冲撞的深妙世界。

"一个作家劳作一生，最后写出的一个重要人物就是作家自己。"(张炜, 2013：286)"一个作家无论写了多少本书，其实都是写'同一本'……他最后完成的，只会是一本大书，一本人生的大书。"(张炜, 2013：286)"作品只是生命的注释，无论怎样曲折，也还是在注释。"(张炜, 2013：286)张炜的全部作品实际就是一部不断加厚的精神自传。他就像精于术数卦象的占卜师，又像审慎严苛的训诂家，总是在"大胆地假设，小心地求证"，反复地推演天道人事的命理玄机，稽考家国世故，厘订自我运程。经过不断的分蘖增殖和注释补正，方才写出了一部繁复而丰润的大书。这部大书的中心人物就是张炜自己，它的主题便是张炜及其时代的漫漫心史。如此看待他的一千五百万言似乎太显简单，我却觉得这正是张炜的堂奥所在，通过这简单的"一本书"、"一个人"，我们会看到多么浩渺的世界和多么幽邃的人生啊！

世界风云变化，但即便如此，该言说的还是要言说。管他轰的一响，还是嘘的一声，世界并未真的结束，所谓空心人似乎也不是什么毁灭性的流行病疫。人们还是要前赴后继按部就班地过生活，过去讲"苟日新，日日新，又日新"，现在说"与时俱进，不忘初心"，以后还是要"时日依旧，生生长流"。一切总在消解，一切总在更生，我们能够做的，好像只能是抓住当下，勿负未来。这是一个无名的世界，又是一个人人皆可命名的时代。面对无所归依的浑浑时世，张炜一直

---

[1] 张炜：《读本、新作及其他》，《张炜文集》35卷，北京：作家出版社，2014年，第209页。

是冷静淡定的。从开始唱起"芦青河之歌",就表现得清醒而克制,甚至显得有些保守,所谓"道德理想主义"对他就是一种褒贬参半的说法。但是如其所言:真正优秀的作家,是必定走在许多人的认识前边的,他们的确具有超越时代的思维力和创造力。张炜的作品正是走在了前边,当我们耽于某种谬妄或迎向某种风潮的时候,张炜恰选择了批判和拒绝,那种不合时宜的"保守"倾向,反而证明了他的敏感:比起众多迟钝的俗物,他往往及早察觉了可能的危险——他就是那个抢先发出警报的人。当雾霾肆虐演变成对健康的一大危害时,他在十几年前就描述了这种"死亡之雾"。当人们拼命地大开发、大发展的时候,他看到的是水臭河枯,生态恶化,"线性时间观"的狭隘短视。在科技高度发达、生产力大大解放、物质生活极大丰富、全球化浪潮势不可挡的今天,张炜对凶猛的物质主义、实用主义始终持有一种"深刻的悲观"。对他而言,"'保守'不是一种策略,而是一种品质、一种科学精神。"(张炜,2014:138)因此方可像刺猬一样安静、自足,没有什么侵犯性,甚至温驯、胆怯、易受伤害,却始终有一个不容侵犯的角落。(张炜,2014:287)他在这个"角落"里安身立命,自在自为,用长了棘刺的保守精神抵御着躁狂时代的骚动与喧哗。

张炜说:"看一个作家是否重要、有个性、有创造性,主要看这个作家与其时代构成什么关系。是一种紧张关系吗?是独立于世吗?比如现在,物质主义、消费主义、发泄和纵欲,是一个潮流,在这个潮流中,我们的作家扮演了什么角色?是抵抗者吗?是独立思考者吗?"(张炜,2014:153)尽管他也反思,包括自己在内的许多人,大量的仍然还是唱和,是在自觉不自觉地推动这个潮流,然而——"真正的作家、优秀的作家,不可能不是反潮流的",(张炜,2014:153)"任何一个好的作家跟现实的紧张关系总是非常强烈的"。(张炜,2014:296)真正的作家、好作家是一个朴素的自我定位,张炜固然认为,我们无力做出关于"时代"性质的回答,但他未忘作家的本分就是"真实地记录和表达,而不是回避生活",(张炜,2014:293)所以我们才会看到,张炜一直带着强烈的使命感,以反潮流的保守姿态对这个天地翻覆的"大物"时代予以决绝的回击。他说,巨大的物质要有巨大的精神来平衡,"大物"的时代尤其需要"大言"。(张炜,2009:198)他之所以推崇战国时期的稷下学宫,就是因为稷下学人留下了耐得住几千年咀嚼的旷世大言。就像孟子所说:"我善养吾浩然之气。""说大人则藐之,勿视其巍巍然。""君子之守,修其身而天下平。""大人者,不失其赤子之心者也。"——"这样的大言之所以让人不敢滥施妄议,那是因为它正义充盈,无私无隐,更因为言说者的一生行为都在为这些言论做出最好的注解。"(张炜,2014:199)张炜显然也是以这些圣者大言为高标的,他认清了大时代的大丑恶、大隐患,痛恨"立功不立言"的野蛮发展,异化生存,因此才能"守住自己,不苟且、不跟随、不嬉戏",(张炜,2014:16)才能融入野地,推敲山河,成为一个真正意义上的独行者。于此,他才更多地牵挂这个世界,用诗性之笔写出了伟大时代的浩浩"大言"。

三

张炜是一位诗人。这样说不只是因为他最早进行的文学习练就是诗,后来也从来没有放弃诗的写作,写过大量的诗,出版了两部诗集。[1] 事实上,作为诗人的张炜不全在于写了多少分行文字,更主要的是,诗不仅是他的"向往之极",而且是他全部文学创作的基点,因为"真正的好作家本质上往往是一个诗人,只不过他会选择一个更合适的形式来表达。能诗则能一切,他会或多或少地写出一些不同的文字。"(张炜,2014:50)张炜正是这样把诗写进一切文字的人,尽管他常自嘲缺少写诗的天分,不是一个合格的诗人,但是从他的作品里总能读出诗的根性,不光语言散发着诗的光泽,具有浓郁的抒情色彩,整体上也弥漫着优雅凝重的经卷气息。这种诗化写作在《夜

---

[1] 张炜:《费加罗咖啡馆》,北京:作家出版社,2014年;张炜:《家住万松浦》,北京:作家出版社,2014年。

思》《独语》《融入野地》《莱山之夜》《望海小记》《芳心似火》等散文作品中发挥得最为充分，在《一潭清水》《海边的雪》《柏慧》《远河远山》《外省书》等虚构作品也有突出体现，包括《你在高原》这样的皇皇巨著，《古船》这样的正史叙事，《九月寓言》这种偏重方言对话的乡土文本，也不乏诗意篇章，诗性气质。即便《楚辞笔记》《疏离的神情》《小说坊八讲》《陶渊明的遗产》这类阐释古典、论述辞章的学理性作品，也不无诗性之美。张炜像是打破了文体的界限，几乎把所有作品都写成了纯美诗章。

在张炜看来，诗不单纯是一种文学形式，更是一种至高的审美境界。所以他用诗的标准评断小说、散文，乃至所有艺术样式："散文和小说，不过是另一种诗……它们与诗，骨子里都是一样的东西。"（张炜，2014：148）"任何文学形式，内核都是一个诗。离开它的形式，并没有离开它的根本……如果一部作品本质上不是诗，那么它就不会是文学。"（张炜，2014：3）以诗论艺正是典型的中国式审美维度，张炜即认为：中国第一部文人小说《红楼梦》具有"诗与思的内核"，"中国现当代小说，从继承上看主要来自中国的诗和散文"（张炜，2014：313）。他很看重"自己的传统"——中国小说的传统。因此，不仅要从文本上继承这种传统，还要在骨子里是一个纯粹的诗人。"诗是艺术之核，是本质也是目的。一个艺术家无论采取了什么创作方式，他也还是一个诗人。"（张炜，2014：262）"当今的小说家，特别是一个优秀的小说家，要求自己首先是一个诗人，的确是第一要义。"（张炜，2014：181）可见"诗"既是张炜的创作指标，也是他个人的自我认定。"诗人"之于他从来不是普通的职业名称，而是一个不落凡俗的高贵席位。诗性，成为张炜的绝对尺度，他执着于诗，唯诗性至上，以诗性加深写作的难度，这也是他的作品大率不失水准的前提吧？

那么，何为诗性？何为诗人？张炜曾经申明：诗性不等于风花雪月，要知道也有惨烈之诗。当然我们也可以说，诗性不是青筋暴露、肉麻充楞，不是卖弄辞藻、撩拨情怀。真正的诗性并非文字表面肤浅的抒情或假装激动，而是一条内在的血脉，它显露于语言又隐匿于语言，似乎只可意会而不可言传："诗性是一个类似于密码的东西，一开始就植根在人的基因里的。"（张炜，2014：271）这就更有点儿神秘了，好像是说诗性本是天生的，没有一点儿慧根的人，不光写不了诗，恐怕连诗里的密码也读不出来。张炜另外又说过："诗不是一般人认为的花花草草，不是所谓的'空灵'之类，而是人生最敏感的一次次面对——对全部生命秘境的把握，当然也包含了生死幽深以及锐利、黑暗和痛苦……有人通常理解的'诗'过于简单了，他们不曾晓悟荷尔德林'黑夜里我走遍大地'是什么意思……"（张炜，2014：142）他强调的还是诗与生命的关系，那种一般人的"通常理解"完全把写诗混同于文字的过度加工，所以有人才会把装饰性的、抖机灵的玩意儿吹上天，他们不知道诗的最低要求就是真诚而朴素，若与真实的生命感受割裂开来，哪怕再漂亮的文字也与诗无关。

张炜深信"诗人才能干大事"，并且比一般人干的大事更大，因为诗人的胸怀更奇特，有一种旺盛生命力。他把诗人看成了天生异禀、身有大能的特出之人，他们所干的"大事"当然也不是可用世俗标准衡量的出人头地、扬名立万之事，而是和张炜称道的"旷世大言"相类，指的是形而上的具有终极意义的永恒之诗。"诗人应该具有足以透视无限深处的慧眼，应该摆脱个人人格的束缚，而成为永恒的代言人。"（张炜，2014：174）张炜曾引述"天才诗人"兰波的这句话，以此"反省自己"，"诗人"是他矢志追寻的远方镜像，又是他对另一个"我"的一种心理投射，他每每对诗人大加推崇，每每声言写过好多诗，却好像从未认可那个"诗人"就是他自己。比如在谈到《忆阿雅》时，他一则说它出自真实的记录，是"一个为背叛所伤的诗人的自吟"，转而又说："我不能说自己就是那个'诗人'。虽然它以第一人称写出，也只是为了有助于自己对诗和诗人的理解。"（张炜，2014：340）张炜此言不虚，多读他的作品也会发现，他确是以全部的写作走近诗和诗人，"诗"是他的文学向度，"诗人"则是和他精神往来的潜在的自我。他说，诗人如同一片土地生长出的器官，"仅是同一片土地、同一种文化的代表和产儿"，(张炜，2014：306) 他们"诞生于东部荒原，等于是大漠一粒"。(张炜，2014：342) 很明显，这位荒原诗人完全可以看作张炜本人，张炜在谈论"诗人"的时候，往往也是在谈论"另一个"自己。

诗人也许天生就属于这个别样的世界：为吟唱而生，并将终生如此。他敏感多悟、对事物有独到的视角。不记得从什么时候开始，他能够随时吟哦。他的举止做派很有一些豪放文人的特征。他常有一些激动，一些低吟。他从来都是真挚的，炽热的，一群人总是因为他的存在而变得活泼。

诗人再次吟唱。它们是真正的半岛之歌，明朗通透，火热烤人，没有一点倦意和阴郁。他们在表露不安和痛苦时，也大大有别于其他地方的寂寞文人。他写得是如此地具体、踏实、真切。他的诗在感染大家，他的精神在激发大家。我们不由得想，如果自己在面对生活中的一切困顿不安时能够像诗人一样不畏不惧，意气风发，那该是多么令人钦佩。

他不是一个在吟唱中虚幻作兴的人，而是一个真正的强者。他那并不伟岸高大的身躯内，的确潜藏着一种过人的力量……在今天，也许只有这样的人才更有权利吟唱。我们这一代人几乎在猝不及防中迎来了一个全球一体化时代，身不由己地挣扎于精神和商业的纵横大潮之中，真是需要一个顽强的灵魂。而我们的诗人就是这样的一个人。

诗人对于身边的这个世界有着多么善良的期待。他总是用最美好的心情去理解生活中的人和事，以至于愤慨和欢悦都跃然纸上。这就是通常所说的"赤子之心"。(张炜，2014：136-138)

张炜用一篇短文简白地表达了他的"诗人观"。尽管笔者没有引述可以对号入座的更具体的文字，但是也不难看出，这位"为吟唱而生"的诗人正是张炜本人。通过自我观照，他发现了"我们的诗人"，通过对诗人的深切探问，他走向了生命的澄明之境。"诗"成为张炜获取自信、成就"大事"的原动力，具有顽强灵魂的"诗人"成为"我们"最需要的时代之赤子。在另一短文中，张炜再度阐述他的诗观："诗对于我，是人世间最不可思议的绝妙之物，是凝聚了最多智慧和能量的一种工作，是一些独特的人在尽情倾诉，是以内部通用的方式说话和歌唱……每一句好诗都是使用了成吨的文学矿藏冶炼出来的精华，是人类不可言喻的声音和记忆，是收在个人口袋里的闪电，是压抑在胸廓里的滔天大浪，是连死亡都不能止息的歌哭叫喊。""这个世界芜杂浑茫千头万绪，无以名之奇巧乖戾，就像我们无边无际的现代诗行一样。从某种意义上说，诗能够言说世界上的一切奥秘。""就是怀着纵情言说的巨大野心，我们选择了诗。诗人是最机智的愚公，最聪明的傻子，最无聊的执着，最寂寞的喧哗。""真正的诗人平和简朴，似乎在刻板平淡地生活着，一个年轮一个年轮地让生命成熟。也正是如此，他才没有阻断自己的朝圣之路。""诗人是典型的具有内在张力的、质朴而变得更健康和更强大的人。"此番表白干脆就是以诗论诗，诗如巫师的咒语无所不能，写诗即如朝圣远行，张炜就这样"依赖于诗，求助于诗"，他把一生的向往和劳作交给了诗，以此找回丢在昨天的东西，获得"真正的表述的自由"。(张炜，2014：60-62)

四

张炜的长篇小说《独药师》有题引曰："献给那些倔强的心灵"，可谓大了自道。"那些倔强的心灵"定有一颗属于作者的诗心。正是凭了一颗倔强的诗心，张炜才会成了一个倔强诗人。他与自己的理想形象一体同生，或者相互竞逐。他因其诗心而敏感多悟，也因此而无畏无惧。这强大的诗心让我们想到《老子》所说"专气致柔"、"含德之厚"的赤子婴儿，自然也会想到张炜经常提及的童心。当我们把张炜看作倔强诗人的时候，大概也就看到了他那"绝假纯真，最初一念之本心"。张炜作为诗人的源本，恰是一颗未改初衷的童心。从张炜身上，总能看到天真质朴的童话气质。从早年的芦青河系列，到后来的《刺猬歌》《你在高原》，他的作品皆元气充沛，充满雄浑勇猛的力量，虽深邃亦不乏机敏，悲悯而不乏智趣。他没有板着脸搞严肃，反而将一些精灵古怪、滑稽好玩的元素点化其中，一个生有怪癖的人物，一句挠人心窝的口头禅，一段旁逸斜出的闲余笔墨，看似无所用心，实则多有会意，就像放到虾塘里的黑鱼，让他的作品拥有了神奇的活力。比如，《声音》里吆喝"大刀来，小刀来"的二兰子，《一潭清水》里鳝鱼一样的孩子"瓜魔"，《古船》中疯疯癫癫的隋不召，《家族》中的"革命的情种"许予明，《九月寓言》里的露筋、闪婆，《蘑菇七种》中丑陋的雄狗"宝物"，《刺猬歌》中的黄鳞大扁、刺猬的女儿，《小爱物》中的见风倒和小妖怪，《你在高原》中的阿雅、大鸟、龟娟、古堡巨妖、煞神老母等等，这些形象假如丢掉了天真、古怪的成分，上述作品大概也会索然寡味。张炜对所写人物倾注了纯真情感，使其承载了一种隐性的、百毒不侵的童年精神，也或是他蓄意埋藏的"童话情结"。事实上，自小长在"莽野林子"的张炜，似乎生就了对万物生灵的"爱力"，那片林子和林中野物让他拥有了坚贞的诗心和童心，童年记忆常会不知不觉地映现于笔端，他也具备了一种自然天成的神秘气象和浪漫精神。

"艺术家永远需要那样一颗童心，需要那样的纯洁，那样的天真无邪。"（张炜，2014：217）好作家大概都有一颗未被玷污不容篡改的童心。不管他多大年岁，无论写实还是虚构，总能在文字里涵养一脉真气和勇力，就像不计得失、举重若轻的"老顽童"，能打也能闹，可以一本正经地"谈玄论道"，也可以忘乎所以地"捣鬼惹祸"，他的作品就是一个生气勃勃的自由王国。土耳其作家帕慕克也曾说过，小说家能够以孩子的独有方式直抵事物的核心，他要比其他人更为严肃地看待人生，因为他具备一种无所畏惧的孩子气，言人所不敢言，道人所不能道。在诺顿讲座的收场白中，他这样强调自己的理想状态："小说家同时既是天真的，也是伤感的。"[1]其实这句话完全可以用来评价张炜，作为小说家的张炜如此倔强，却又如此伤感："我的全部努力中的一大部分，就是为了抵御昨天的哀伤和苦痛。"（张炜，2014：226）——这伤感成为他行文的底色，为他的作品染上了沉郁的调子。但同时又因总有天真的神采，使他得以经历大绝望大虚无，得以行大道、走大路。如此，我们可以把张炜叫做用诗心和童心抵御伤感的天真诗人——就像他1983年写出的"瓜魔"（《一潭清水》），那个神出鬼没的黑孩子，原来就是不老不伤的精灵，他和张炜形影相随，或者早已化入张炜的血脉精神。

假如见过张炜本人，你会注意到他的眼里的稚拙之气。读他的作品，更可感受到一颗天真无邪的诗心。他说："我深爱文学，最怕丢失诗心和童心。"（张炜，2014：37）"一个人的变质大概就是从忘掉少年感觉开始的，一切都是从那儿开了头的……"（张炜，2014：30）确乎如此，张炜早就意识到童年、出身的重要："童年生活对人的一生有非常重大的意义……人的艺术趣味可能在童年就已经固定下来。""作家在写作中会一再地想到童年，所以笔端也就渗流出这些内容。""童年和少年的追忆是永久的，并且会不同程度地奠定一生的创作基调。"（张炜，2014：54、63）"文学对人性、生命的理解，离不开童年这个阶段……我可能会转过头来，一而再再而三地从童年视角写人生，写社会和人性……童年的纯真里有生命的原本质地，这正是生命的深度，而不是什么肤浅之物。"（张炜，2014：34）所以我们看到，不只是后期的《半岛哈里哈气》《少年与海》《寻找鱼王》这类纯儿童题材的作品与他的童年、出生地有关，包括他早年的作品《狮子崖》《槐花饼》《钻玉米地》和盛年的代表作《古船》乃至《你在高原》，都与他的童年经验有着千丝万缕的关联，并且，他所有作品的主要背景，几乎都是他曾经生活过的海边故地："我的全部作品都在写小时候生活过的地方，写林子和海之类。后来写了闹市甚至国外，也是由于有了对林子与海的情感。它们在情感上支持我，让我成为一个能够永远写作的人。"（张炜，2014：222）张炜一再提起他的海边故地、丛林野物，这类自述性文字基本点明了作

---

[1] 奥尔罕·帕慕克：《天真的和感伤的小说家》，彭发胜译，上海：上海人民出版社，2012年，第174页。

家的来路。张炜之所以被称为"自然之子",他的作品之所以充满野气、天真气,皆与其亲身经历密切相关。童年经验、故地情结极大地影响了张炜的心理气质,为他提供了不竭的创作资源,还打开了一个穿越时空的孔洞,让他来往于昨日今朝,随时可见旧时景物,可以走向遥远和阔大。

可见张炜是一个多么恋旧、念本,多么看重根性、血缘的人,他把那片茫茫无边的荒野当作了自己的本源,把走向出生之地当作了寻觅再生之路,把居于一隅、伸开十指抚摸这个世界当作了无声的诗篇。我们也可以据此进入他的文学腹地,切身体味那种诗意的怀念与追记,苍凉的伤逝和乡愁。张炜说他是用写作为出生地争取尊严和权利,同时也从那里获得支持,因此自称"胆怯的勇士"。他强烈地、不屈不挠地维护着自己的故地,实质也是用文字重建那个童话般的昨日世界。所以他总要抚今追昔,要重返故地,还要重返童年,甚至有个天真的想法:"未来人们要恢复这个地方的生态时,如果连一点原始的根据都没有,那么我的这些文字起码还能当作依据,并且会唤起人们改造环境的那种欲望。"同时他还说:"一个作家对社会生活的自然环境、社会环境、人文环境有更高的要求,这才会有改造它的诉求。诗人和作家总是极度地追求完美,追求真理,所以他们才要在自己的环境里追求和奋斗。他们总是以极大的热情去拥抱生活,试图改善人生、改变社会、改变人的生存条件……"(张炜,2014:51)这种说法和鲁迅的想要以文艺改变国民精神、用小说"引起疗救的注意"很像。在今天,要用文学改造一切的想法不免有些太过天真。即如艾略特所言,就算没有巨响,甚至也没有呜咽,昨日世界已然结束,怎么可能昔日重来?然而就算"一切都预先被原谅了,一切皆可笑地被允许了",[1] 还是有人不顾一切做着天真的美梦。

也许人类一直如此,一边创造历史,一边失去故园,到头来只是一味地除旧迎新,却不知今夕何夕,所从何来。所以人们一面跟进现代,坠入后现代,一面回望过去,怀念古典。我们向慕古人,古人向慕他们的古人。春秋之际的孔老夫子,不是也宣称"周监于二代,郁郁乎文哉!吾从周"吗?他驾着一辆木头车周游列国,宣扬周礼,还不是被楚狂所嘲笑,被郑人谓为"丧家之狗",甚至遭到宋人追杀?最后只能悲叹久未梦见周公,徒恨"凤鸟不至,河不出图,吾已矣夫!"孔子致力于"克己复礼,天下归仁",他要抵御的不是世人的冷嘲热讽,乃是整个时代大局,是全天下的"礼崩乐坏"。身为一介布衣,却"不识时务",敢与不可逆转的时代潮流为敌,这样的人是不是太过不自量力,太过天真?可是天真的孔子直把他的天真当成了毕生的事业。大概正因如此,他才像个孩子一样拥有一颗倔强的心,为了一个渺茫的梦想,虽处处碰壁被困绝粮仍不改其志。张炜不单把孔子尊为布道者、启蒙者,更把他称作诗人,说他走过的长路便是一首长长的、写在大地上的、人类的诗。"一个含蓄而认真的作家,会像孩子一样执着地守着自己的文学……作家的心情是欢欣而沉重的,欢欣来自天真,沉重也来自天真。思想深入生活的底层之后,他的天真仍存。谁知道作家更像孩子还是更像老人?说是孩童,他们竟然可以揭示世界上最阴暗的东西;说是老人,他们又是那样单纯执拗。"(张炜,2014:296)张炜的话正揭示了诗人所应有的那种深刻的天真,他们世事洞明而不老于世故,人情练达而不死于钻营。也难怪他会感慨:"从许多方面看,从心上看,现在人苍老的速度远远超过古人。古人即便到了老年尚能保持一颗充盈鲜活的童心,而现代人一入庙堂或商市就变得不可观了……"(张炜,2014:144)所以他才特别喜欢孔子身上的孩子气,喜欢他的童言无忌、孩童般的纯稚,怀念那一颗天真而伟大的心灵。从这点来看,张炜虽自愧为"胆怯的英雄",却也有其刚勇的一面,他记住了自己的童年,记住了失去的故地,也就记住了一个原来,守住了一片诗意和安宁。作家要面对的当然非止生存环境的恶化,大物大欲的疯狂泛滥,更要面对人心凋敝,灵魂无所皈依之类的大问题。就像两千年前孔子为匡

---

[1] 米兰·昆德拉:《生命中不能承受之轻》,韩少功译,北京:作家出版社,1992年,第2-3页。

正天道人心而奔走，张炜则为这个濒危的世界而写作。为此，他戴月独行，芳心似火。

五

张炜最终是一个要到月亮上行走的梦想家。他拼力创造一派旷世大言，着意成为一名天真诗人，表现在文字上除了追求崇高正义美德善行，渲染香花芳草浪漫诗情外，更有其阴柔内敛、蜃气氤氲的神秘气象。一般而言，人们习惯于把张炜归类于所谓现实主义作家。以《古船》《九月寓言》等名作为代表的仿宏大叙事、民间叙事似乎只有一种扑向地面的解读方式，张炜常常被概念化为忠于现实、热衷说教的保守派作家。奇怪的是，很少有人注意到，其实张炜本质上原是凌空高蹈的，在被定义为大地守夜人的时候，岂不知他正将目光投向高远莫测的天空。就像他在《芳心似火》收尾一句所说："让我们仰起头，好好凝视这轮皎皎的月亮吧，它是整个天宇的芳心啊。"（张炜，2014：234）张炜从来不是只会低头苦思淹没在现世尘俗中的迂夫子，而是一个喜欢游走山野，不时把想象引向星空的造梦者，一个不安于现状，专爱御风而行的天外来客。

张炜经常提起康德的一句名言：世上有两样东西最使人敬畏，那就是我们头顶的星空和心中的道德律。实际上，要想简单涵盖张炜的作品，完全可以搬出这句话一言以蔽之。一方面，张炜致力于探究人性人心，另一方面，则是诉求天命天道。所谓天道人心，康德的话不也正为此意？先不说张炜写出了什么主义，仅从其早期作品来看，就不难发现他从一开始便突破了死板狭隘的"现实"，打开了多重文学视角，创设了一种天地交泰、万物咸亨的全息化文学维度。胡河清认为，《古船》不仅仅是一部有关具体历史风貌的写真式作品，而是根据一系列精心编制的文化密码建构的全息主义中国历史文化读本。[1]虽然也有论者认为，让一个整日研读《共产党宣言》的农民承担救赎使命"构成了《古船》在精神哲学的根本失败"，未能进入象征无限可能性的广阔"灵界"，[2]但是这种论调好像没有看到《古船》同时具有一个《天问》的维度，更没有像胡河清那样，看到张炜是用"古船"、"地底的芦青河"、"洼狸镇"以及隋、李家族等既有独立隐喻意义又相互关联构成玄秘神话系统的文化符号，"编制了一整套关于中国历史未来走势的文化学密码"。（胡河清，1994：204）张炜向来就是一位多藏"密码"的作家，看不到他的"密码"，当然也就看不到他的另一面，更看不清他的"假意或真心"——"虔诚的灵魂"。

张炜说，他曾偏执地认为，一个作家的才华主要表现在对自然景物的描绘上。对此，他曾自嘲说这有些可笑。但是，假如我们真的能够融入"自然"，真的能够领会道法自然，大概就不会觉得张炜偏执可笑。张炜在某种程度上把诗人（最优秀的作家）当成了具有出奇感悟力的特殊生命——他们能够"特别敏感地领会自然界的暗示和启迪"。诗人"站立在什么土地上、呼吸着什么空气、四周的辞色和气味，这对他可太重要了。他与这个世界融为一体，血脉相通。他是它们的代言人，是它们的一个器官。通过这个器官，人类将听到很多至关重要的信息，听到一个最古老又最新鲜的话题，听到这个星球上神秘的声音"。（张炜，2014：170）张炜所说的自然/世界显然不仅是视觉上意义上的风景物象，诗人也不是仅会托物言志借景抒情的嘴子客。在他看来，独立、绝对强大的"大自然"拥有深不可测的无穷秘密，包蕴了许多用科学、理性难以言说的神异信息，而诗人就像能够施行天人感应的"神巫"一样，可以为天地代言，发出通达"神明"的声音。张炜好像深得中国本土"神传"文化之真味，又如同一名崇信个体直觉的超验主义者，对他来说宇宙自然绝非无知无觉的物质集合，而是一个承载无限生机、含藏永恒"神性"的未知世界："我总觉得冥冥中有一种神秘的力量，它在对我们的全体实施一次抽样检查。"（张炜，2014：17）"生命

---

[1] 胡河清：《中国全息现实主义的诞生》，《灵地的缅想》，上海：学林出版社，1994年，第204页。
[2] 摩罗：《灵魂搏斗的抛物线——张炜小说编年史研究》，孔范今、施战军主编，黄轶编选：《张炜研究资料》，济南：山东文艺出版社，2006年，第303-307页。

中有一部分神秘力量，它很早就决定了这个生命的道路和走向。"（张炜，2014：246）鉴于这种认识，他才把诗人/作家看成了身有异能的通灵者，几乎把写作当成了一种玄妙已极的特异功能。

可是，那种神奇的"冲动和暴发"说起来容易，做起来何其难矣！所以张炜又说，由于物质主义的盛行，一种无所不在的萎靡只会把人的精神向下导引，进入尘埃。"人没有能力向上仰望星空，没有能力与宇宙间的那种响亮久远的声音对话。每当人心中的炉火渐渐熄灭之时，就是无比寒冷的精神冬季来临之日。"（张炜，2014：150）具有这种对话能力的，很可能就是伟大的艺术家了。这样的人"整整一生都对大自然保留了一种新鲜强烈的感觉"（张炜，2014：），因此才能见人所未见，感人所未感，从而"跟植物，跟自然界当中看得到的所有东西对话和'潜对话'"（张炜，2014：），进而获得一种特异的感受——"这种感受好像与神性接通了"。（张炜，2014：25）那么，究竟何为"神性"？张炜的解释是："神性就是宇宙性。神性和宇宙性越来越少，那是人类缺少了对头顶这片天空的敬畏……伟大作品应该有神性，它跟那种冥冥中的东西、跟遥远的星空有牵连，一根若有若无的线将它们连在一起。"（张炜，2014：232-233）"神性是一直存在于日常生活之中、大自然背后甚至茫茫宇宙里的那种'具有灵魂'的超验力量，它可能接通深藏在人类身体里的想象力，并且激发出永恒的渴望——宗教感就这样产生。一个作家在作品中写出这种'神性'，就是使得自身突破了生物性的局限，进而与万物的呼吸、大自然的脉搏，与宇宙之心发生共振或同构。"（张炜，2014：26）表面上看来张炜好像在宣传"迷信"，他把文学说得"神神道道"，把写作说得玄而又玄，是不是表明他坠入了"泛神论"的怪圈？或者只是策略性地祭出了一面"神性"的大旗？当然，究竟有"神"无"神"，究竟"神性"何在，一切都有作品为证，这里姑且设一悬念，留待将来详加讨论。不过这里仍可略述他的主张：神性不是让人更多地去写宗教，不是让人鹦鹉学舌地模仿无尽的仪式，而只是唤回那颗朴实的敬畏的心。（张炜，2014：26）

其实文学里面的宗教性，它的神性是无所不在的，它可以用完全个人的方式，甚至让那些简单和机械的宗教论者感到陌生的一种方式来表达。比如说他可以绝口不提"神"也不提"上帝"或"佛"的字眼，但是却有可能充满了佛性和神性。有神性的艺术家，很容易从字里行间和其笔触里、艺术表达里加以感受，他和天地之间的连接在那里，他的整个的游思无论如何还是受天上的星光的牵引，受无所不在的那种执拗而强大的力量所控制。有时候能感觉到那只无形的手在操纵文字和思维，它不是表面的，而是极其内在的。当他跟这种东西接通的时候，笔下出现的所有人物，也包括整个的故事，都有一种晦涩的深邃存在，有一种质朴存在，也就更可能摆脱现实生活中某个集团、某种世俗力量所制造出来的各种概念的辖制，使其思维能够始终行大道、走大路，不为狭隘的趣味和功利所吸引和扭曲。一个有神性的作家，是那种莫名的力量所给予的最大的恩惠。（张炜，2014：271-272）

张炜并未把自己等同于"迷信"者或宗教人士。与"神性"、"宇宙性"的亲和对他而言纯属一种自小形成的生命本能。他在海滩丛林长大，那样的生活环境是向整个宇宙完全敞开的，"抬头就是大海星空，想不考虑永恒都不可能"。（张炜，2014：6）中年时他还在一篇散文中说："直到今天，还能兴致勃勃地领略天上的星光。"（张炜，2014：180）可以说，少年时的星光如同神秘的种子，被张炜装进了背囊，也种到了心里。借了这星光，他独自去游荡。靠了这星光，他找到了自己的"神"。所以，我们经常会在他的作品里看到"微弱的星光"（《木头车》）、"一天星光"（《山水情结》）。在早期的中篇小说《秋天的愤怒》中，张炜就曾十分抒情地写道：

天空被忽略了：多少明亮的星星！多少上帝的眼睛！天空没有乌云，苍穹的颜色却不是蓝色的，也不是黑色的；这时候的天空最难判定颜色，它有点紫，也有点蓝，当然也有点黑。白天的天空被说成是蓝蓝的，其实它多少有点绿、有点灰。真正的蓝天只有在月光的夜晚！皎洁的月光驱赶了一切芜杂、一切似是而非的东西，只让苍穹保持了它可爱的蓝色！哦哦，星光闪烁，多明净的天幕啊，多么让人沉思遐想的夜晚啊！（张炜，2014：181-182）

这样对天空的精确描写显然来自作者本人的真切感受。不仅如此，他的作品里还会经常出现仰望星空的人，这个细节的来源显然也是张炜自己。他说："我相信一个作家虽然什么都可以写，但他总会让人透过文字的栅栏倾听到一个坚定的声音，总会挂记着苍穹中遥远缥缈的星光。"（张炜，2014：224）这星光几乎成了一个标志性的精神意象，也为张炜的作品洒上了从天而降的神圣的微光。

"在月亮上行走过的人，给他个县长还干吗？"张炜就是从月亮走来的人，他干的事必定要比"县长"大得多啊！"每一个时代的精灵，往往都会自觉地捕捉那些真正无私和宽容的人，让他'神魂附体'。"（张炜，2014：30）想来张炜的写作大概也是一种"神魂附体"吧？张炜还说过："一个人总应该有自己的'神'，没有这个'神'，人与人之间就没法区分，总会是一种色调，即千篇一律。每一个人使自己区别于这个世界上其他事物的最有效也是唯一的一个办法，就是守住自己身上的'神'。"（张炜，2014：106）所谓自己的"神"，虽只是一个比喻性说法，但也说明了自我拣选、自我持守的重要。我相信张炜一直守着自己的"神"，否则又怎么可能在他的作品里召唤"神性"，呼告永恒？

因了对于诗性的追求，"文学通向了诗与真，如同寻找信仰"。在张炜看来，在这片大多没有宗教信仰的土地上，一个写作者有了类似的写的志向，差不多也就等同于"为了荣耀上帝"而写作了。（张炜，2014：94-95）张炜一再表示，文学只能是神圣的，对他来说，写作就是一场漫长的言说，是灵魂与世界的对话。这样的写作必然危险，必然要依赖信仰，需要强大的勇力。那么，如何才能保持一种"真勇"，如何才能守住"特别的诗人的灵魂"？张炜曾借用传统文化中的阴阳观念来解释当今世界的阴阳失衡——如果物质是阳性的，精神就是阴性的。在"大物"居上的阳性时期，"阴"就会受到损害。相对于物质的显性，精神活动则是隐性的，也即阴性的，所以一切精神活动都在无形中进行，在默默无察的环境里滋生蔓延。"巨大的阳性社会一定会投下浓重的阴影，那里成了诗人的立足之地"，"为了躲避强烈逼人的阳性，诗人只好留在了'阴郁'的空间里"。这个"阴郁的空间"对诗人至关重要，因为诗就像生命里的一种有益菌，只有在阴郁处才能繁殖，生长。张炜说，只有人文精神才能平衡一个倾斜的世界，而"诗"正是"滋阴潜阳"的大补之物。所以他才指出："现在的诗以及所有的诗性写作，也包括极少一部分小说家，算是遇到了一个非常适合他们生存的时代——他们或许可以跟整个阳性的社会脱节、隔离，以至于部分地绝缘，于是反而成为一个极好的屏障和境遇。如果把他们拉到现世的阳光下照耀以至暴晒，他们正在阴湿中的烂漫生长不仅马上停止，而且会很快凋谢和枯死。"因此，"诗人只有待在阴郁的空间，在这里悄悄地、放肆地生长"。（张炜，2014：97-99）张炜为中国诗人指出了一种中国式的生存之道，这也透露出一种以退为守，以守为攻的隐逸倾向。张炜就是这样一位从显性世界回到隐性世界的孤独梦想家。我们不得不说，这位天真诗人正是从非诗的阴影里走向了诗，在"渎神"的背景里找到了自己的"神"。

张炜55岁那年说过一段话："一个纯文学作家，最好的创作年华是四十五岁到六十五岁这二十年。在这个时候，生活阅历、艺术技能，还有身体，都是比较谐配的，是一个契合时期。三十而立，四十不惑，五十知天命。知了天命才能写出有神性，有宇宙感的作品。天命就是神性、宇宙性，所以五十岁之后往往才能写出真正的杰作。"（张炜，2014：265）孔子曰："不知命，无以为君子也。"张炜显然是以心到"神"知的方式上承天命的。如果按其所说，他正是在最好的创作年华，写出了大批耀眼的作品。

可以说，除《古船》《九月寓言》之外，张炜其他重要作品都是在这一阶段完成的，虽不好说每一部都是杰作，但是应该说每一部都是诗人的梦想之书、天命之书。张炜用他不竭的诗心和童心，写下了无声的大言，伟大的沉默之诗。

张炜50岁那年，曾在英国的一个诗歌节上发了一句豪言："到六十岁以后，我要成为一个大诗人——能成则成，不能成硬成。"（张炜，2014：219）张炜14岁学诗，奄忽已至半生矣。然其总是愧称"诗人"，概因对诗期之太高，对己责之太严，他矢志以求的诗，原本和天上北斗一样，它确实就在那儿，又似乎遥不可及。然而诗人，不就是要指向一个遥远，奔向一个未知么？现在张炜又准备了很多精美的本子，他说，要用最好的本子，写出最好的诗。如此，张炜成诗，正当其时。

诗境的仰望：张炜的诗性写作思想——从张炜演讲辞谈起

张馨[1]　（山东师范大学文学院，济南 250014）

© 2021　比较文学与跨文化研究，47–55 页

摘要：张炜的诗性写作思想体现在他文学创作的方方面面，包括小说、散文、演讲辞等。笔者发现，已有的张炜诗性写作思想的研究大多以他小说创作为基础，然而小说中想象与虚构的特点势必会影响研究的真实性、准确性。相对而言，要想研究张炜的诗性写作思想，就离不开演讲辞这一文本。况且，透过演讲辞研究张炜的诗性写作思想还没有先例。实际上，张炜的诗性写作思想又是一种纯文学创作思想，追求诗性写作的过程也是张炜顽强表达自己的过程，他口中的诗性写作，主要有四个特质：具有回忆性质；语言极度个性化；不断得到重复出版；在较高的阅读层面上得到认可。

关键词："诗性写作"　"纯文学"　演讲辞　童年

"演讲作为言重言说的方式，或者作为一种写作的方式，曾经是中国现代文学的传统。这个传统又曾经在相当长时期内丢失了，它在近二十年的复现，与知识分子是否具有话语权和具有怎样的话语权是密切相关的。"[2]在《午夜来獾——张炜2010海外演讲录》一书中，张炜曾说，作家或许应该对演讲十分重视，要将之看作和写作同等意义的事业，甚至还更有意义，更辛苦些。因为演讲活动时间有限，所以要求演讲辞主题明确，中心观点突出。通过演讲辞，听众更能直观地了解演讲者所阐述的思想内涵。张炜著作量浩大，他巧妙地将其创作思想散布于浑茫的文字深处，但不经过全面深入的研读，不易把握和理解。相对而言，演讲辞因为简洁、明确的特点，可以更直观地反映张炜想要表达的思想内涵。

2002年，张炜在青岛出版咨询会议演讲时分析了当代文学创作的三种情况，"一般来说文学写作呈现'三极'状态，这在较长时期内都是如此：一、社会问题写作，即一般的现实小说和纪实文学等；二、娱乐性写作，包括武侠言情、演义与侦探小说、副刊散文和智性小品等；三、诗性写作，即通常称为纯文学和高雅文学那一类。"[3]在他看来，一位优秀的作家应该对自己所做的工作有着清晰的预察力和洞见力，需要弄清各种写作形式和题材被读者接受的情形，特别是它们的功用，以及在社会上作为商品运行时的基本规律。这一点在其本人为人为文上就有着鲜明的展现。

作为长期坚持在创作一线的作家，张炜不仅对文学写作这一工作有着高度的热爱，更对自己的作品如何打动读者，为人接受有着深刻的预判力，力求让文学成为影响他人的重要形式。所以在创作实践过程中，张炜一直坚持"诗性写作"的创作思想，在他看来，狭义的或真正的文学写作只能是"诗性写作"，也仅仅是"诗性写作"，这应该是文学创作的最高追求。实质上，追求诗性写作的过程正是张炜顽强表达自己的过程。他口中的诗性写作，主要有四个特质："具有回忆性质；语言极度个性化；不断得到重复出版；在较

---

[1] 作者简介：张馨，山东师范大学文学院中国现当代文学专业硕士研究生。
[2] 张炜：《纸与笔的温情》，春风文艺出版社2002年版，总序第1页。
[3] 张炜：《文学三极——在青岛"出版论坛"的演讲》，载《张炜文集》第35卷，作家出版社2014年版，第299页。

高的阅读层面上得到认可。"（张炜，2014：303）"从古到今，在世界各国和各民族文学中，诗性写作通常构成整个文学领域里最中坚、最重要和最有代表性的一个部分，并且由它产生一个民族经典性作家。"（张炜，2014：303）但由于其内涵总是在具体的历史语境中被赋予，具有不确定性，人们也很难为它确立一个明确的边界，赋予它明确的意义。在这种情况下，张炜对诗性写作的坚守更显珍贵。

一、诗性写作又是一种纯文学创作

"诗性写作"是一种追求诗美效果的文学创作。这种诗意主要缘于作家内心对"诗性"的追求，因而在创作中，自觉向"诗与真"靠拢。法国象征派诗人古尔蒙曾说："小说是一首诗篇，不是诗歌的小说并不存在。"[1] 从此，融合了叙述与诗意表达的新文学写作类型在西方文学史中延续开来。郭沫若曾说："诗是文学的本质，小说和戏剧是诗的分化，诗是情绪的直写，小说和戏剧是构成情绪的素材再现。"[2] "诗性写作"与中国文学的发展一直密不可分，其集中体现之一就是诗歌的发展。诗歌在中国文学史上始终占据主流，即使唐传奇、宋话本、元杂剧以至明清小说兴起，也没有改变诗歌的正宗地位，这种强大的"诗骚"传统不能不影响到其他文学形式的发展。但与诗歌所不同的是，"诗性写作"主张创作上的非功利性，这一点，与"纯文学"写作却有相似。鲁迅在《摩罗诗力说》中，明确提出"纯文学"的概念："由纯文学上言之，则以一切美术之本质，皆在使观听之人，为之兴感怡悦。文章为美术之一，质当亦然，与个人暨邦国之存，无所系属，实利离尽，究理弗存。故其为效，益智不如史乘，诚人不如格言，致富不如工商，弋功名不如卒业之券。"[3] "鲁迅也是在康德美学观的基础上强调文学的非功利性，即无目的的合目的性，他当时心中的文学就是与中国载道文学不同的'纯文学'。"[4] 继鲁迅之后，以周作人为代表的一大批现当代作家纷纷提出了自己的纯文学观念，用来捍卫文学的独立性。"1985年德国哲学家卡西尔《人论》的翻译出版，某种意义上则成了一种新的'人'之表述的转折点，形成了一种被称为'文化哲学'（或称'诗化哲学'）的美学/哲学理论思潮。很大程度上可以说，正是这一美学/哲学思潮提供了有关'纯文学'表述的最为坚固的理论基石。"[5]

"诗性写作"与纯文学创作有着紧密的联系，在张炜看来，"诗性写作"甚至就是"纯文学"创作。2004年张炜在山东理工大学的演讲中，曾经系统、完整地讲解诗性写作的思想，"从学术和专业的角度看，'纯文学'与通常意义上的文学当然有所区别。在专业人士那里，他或可称为'诗性写作'。"（张炜，2014：88）2012年在华中科技大学演讲中，张炜也说，"雅文学的核心是诗，又被称为诗性写作，而通俗文学是讲故事的，大致属于曲艺范畴，娱乐的功能非常强。如果广义的文学是包括通俗文学的，那么狭义的文学则是指雅文学。"（张炜，2014：315）除此之外，在《纯粹的人与艺术》《纸与笔的温情》《文学的现代性》等大量的演讲辞中，张炜对诗性写作思想均有所论述："在时下的传媒和网络写作里，荒诞与虚无、厌世与绝望、暧昧与情欲得到极力彰显。我们看不到文以载道的思索，看不到对社会丑恶的严厉批判，更看不到对生命本体的暗示与象征，对生命终极价值的追问，作者人格严重缺席。"[6] 正是出于对"纯文学"的强烈追求，在张炜的作品中，始终强调诗性存在，这也是张炜的最高追求。从他的演讲辞中可以看出，在其几十年的文学创作过程中，他并没有随着写作的深入改变创作的初衷，而是不断丰富、完善他的诗性创作思想。张炜认为，生活中其实有很多概念、很多命名都是

---

1 吴晓东：《现代"诗化小说"探索》，《文学评论》1997年第1期。
2 凌宇：《中国现代文学史》，湖南师范大学出版社2006年版，第150页。
3 鲁迅：《摩罗诗力说》，载《鲁迅全集》第1卷，人民文学出版社1981年版，第71页。
4 陈国恩：《纯文学究竟是什么》，《学术月刊》2008年9月第40卷。
5 贺佳梅：《"新启蒙"知识档案：80年代中国文化研究》，北京大学出版社2010年版，第334页。
6 曾方荣：《网络时代下的写作——诗性缺失》，邵阳学院学报2003年第4期。

不确切的，因为约定俗成，才慢慢达成了共识，"'纯文学'这个概念也许不确切。有人不喜欢这样划分，但它不是现在才有的，也不是五四以后才出现的。实际上文学艺术从萌芽之初就有纯浊之分、雅俗之分。它是由生命的性质所决定的。"（张炜，2014：9）于是他从纯文学的精神属性出发，对纯文学进行定义，他尤为重视纯文学作品内在的高洁，并把这样的作品看成是一种"纯粹"的作品，在他看来，"纯文学就是纯粹的人写出的文字，是忠于自己，忠于生命的一种文学。"（张炜，2014：11）选择纯文学道路的作家，就不能过多地考虑名利，虽然"作家的知识结构和个性体验赋予文学作品以特点，作家的文学观念虽不能等同于作品全部内涵，但可以视为作家写作的基本态度。"[1]

张炜口中的诗性写作思想具有与流行的商业文化相对立的品质，无论是在语言、情节、内容、主题等创作特征上，还是在阅读、受众、作者等方面，张炜都进行了详尽的说明。其实诗性写作思想是系统化、体系化的思想，特征远不止这七个，但正如张炜所说："这七个特征也足以把整个一大块混沌的所谓的'文学'区分和沉淀一下了。"（张炜，2014：98）张炜说，纯文学首先是真正意义上的语言文字艺术，这种语言可以说是与时共舞，具有随时代而生长、随时代脉搏而跳动的鲜活性，具有极大的创造力和个性特征。在情节上，虽然朴素、自然，但内部细致、紧密，通过内节奏的加快，增强作品的吸引力。因为纯文学作品的内容是作者强烈的生命内容，但又不仅仅是生活内容真实的再现，它表现了生命的奥秘、是人性中曲折无测的部分，故而它复杂得多，其主题也极为隐秘以至于消散在全部文字之中。纯文学的阅读与一般文字复制品的阅读差异很大，它要求读者"眼睛总要有在文字上停留的时间，要有还原和想象的过程，要感悟它们，要把字和词连缀成语言，再把语言连缀成情节，把情节连缀成一个意境、一个画面，这样才能还原到作者描绘的那个情境之中。"（张炜，2014：95）这实际上是强调读者在阅读过程中减慢阅读的速度，进入文学作品的深处，达到精神上的享受。从读者阅读的速度进行判断，纯文学并不是无条件地面对公众，它的受众往往是那些对于诗意有着天然的、执着的、不倦的追求的人们，他们是张炜口中的"沉默的大多数"。纯文学作家们安静、朴素，"在生活中比较低调"，不太注重众人的兴趣，并且近乎本能地回避这些兴趣的影响；他们对流行呼号的媒体、电视网络、通俗报章都会保持一定的距离；他们并非为艺术而艺术，只因为在他们内心深处深深地热爱艺术，不愿意依据现实歪曲艺术。表面上看，张炜对纯文学创作的这些界定，是从个人的精神探索出发，充满了作家独特的个人化经验。但实际上，张炜的纯文学创作思想，也是在反思整个民族的文学创作现状，他坚定地认为，"对于一个民族来说，只有诗性的写作才能建立文学的高峰，才能站在整个思想力完美力等诸种条件综合筑成的山巅之上。"（张炜，2014：98）在其诗性写作思想指导下，张炜在文学创作中为自己建立了一个诗意的空间，正如学者所言："张炜小说既表达了一种对纯粹的诗意的追求，也令人难忘地对当代社会生活做了全面的检查和评价。对于张炜来说，诗意与反讽都是抵抗的方式，一种是忘我的融入，一种是尖刻的旁观，它们的实质是同一种姿态：无法忍受。"[2]

张炜的诗性写作思想是建立在"纯文学"发展现状的基础上。正如陈晓明所说，在中国，"纯文学"一直抬不起头，"文学性"一直无法通过文学本身来确认。从阅读与受众来看，与同时期的其他文学相比，纯文学作品确实处于冷寂的阴影之中。造成这种现状的原因主要在于商业社会的发展和消费主义的盛行。实际上，有关文学改变的根本问题还是应回到经济基础，"社会转型，经济转型，消费社会的生活方式的改变，也必然引起阅读方式的改变。而文学在生活中的地位与作用的改变，并不是文学自身的内容或形式发生了大变化，而是社会的变化导致文学的作用力和影响力发生改变，文学

---

[1] 修雪枫：《作家的纯文学观念——以残雪、张炜为例》，《当代文坛》2015年3月。
[2] 梅兰：《论张炜长篇小说的诗意与反讽》，《小说作家作品研究》2013年5月。

的阅读方式和传播方式也必然发生改变。"[1]张炜有感于此,在《纯粹的人与艺术》这篇演讲辞中,他控诉"电视是阻碍人们接受深刻思想的一个障碍。还有,眼下的商品社会,竞争激烈了,人变得浮躁,人们不得不拿出大部分精力去应付竞争,应付外部环境,一个人已经很难安静下来。"(张炜,2014:10)在《自由:选择的权利,优雅的姿态》这篇演讲辞中,他指出,"现代文明所表现的特征,从某些方面看正在走向文明的反面,即走向另一种野蛮。它挤掉了诗意空间,使每个人都坐上当代世界这部庞大机器的流水线旁,或被迫或自觉地成为他的附庸,成为受制者。"(张炜,2014:318)在《数字时代的语言艺术》这篇演讲辞中,他强调,"我们将毁于自己热爱的东西,在数字时代的汪洋大海之中日益变得琐碎、无聊、庸俗、被动、自私和冷漠,一切变成了戏谑和娱乐,精神渐渐枯萎,最终受制于我们努力争取到的一切——在对自由的向往中失去了自由。"(张炜,2014:143)"张炜对于电视的出现所作的评述实际上触及大众文化时代发达的媒介文化。今天的阅读已经由纸质媒介的文字时代发展到电子媒介的图像时代。"(修雪枫,2015)网络、图像时代的发展导致社会出现了前所未有的浮躁,进而影响到纯文学写作的现状,在这种情况下,以张炜、张承志、史铁生为代表的80年代中国文坛上的作家,并没有放弃对纯文学创作的追求,反而对其未来持有乐观的态度,他们"往往选择人类立场而不是国家立场,不因担负社会责任而放弃艺术责任感,极力超越现实关系而不是试图有效介入,明了文学艺术的限度因而更加注意维护他的独立性,这些正是纯文学作家的基本特性附身特殊文学主体的表现。"[2]

二、"具有回忆性质"的诗性主题

回忆性主题一直是中国现代以来小说创作的重要主题,从鲁迅起便在整体上表现出回忆童年和回忆故园两种形态,它缘于中国作家在现代历史中的心路历程,而在深层上,回忆性主题也包含着深厚的文化内涵,并昭示着中国现代小说诗化品格生成的真正根源。文学是回忆的性质对于文学与现实(过去的或未来的)的关系来说具有非常重要的意义。一个作家从童年出发,不断返回童年,拜访童年,不是在回避现实,而是在寻找过去现实中有助于改进当下现实的经验。法国小说家莫利亚克说:"一个人不达到一定的年龄是成不了真正的小说家的;所以说,一个年轻的作者除了写自己的童年和青年外,是不能成功地写出自己一生中其他任何阶段的——我的所有小说叙事故事都发生在与自己青少年时期同时的阶段。它们全是'追忆逝去的往事'。"[3]张炜口中的诗性写作思想,在创作内容上便表现为回忆童年与故园。

"回忆的源头来自童年,那是一片滋生一切的土壤。只要让自己的文学之树从这片土壤上生长起来,就会是一颗纯文学之树。"(张炜,2014:74)"童年对人的一生影响很大。那时候世界对他的刺激常在心灵里留下永不磨灭的痕迹……童年真正塑造了一个人的灵魂,染上了永不褪色的颜色。"[4]张炜一家生活在荒无人烟的海边丛林之中,很少与外界来往,于是在他的记忆里,对可以接触到的"人"印象深刻。童年首先离不开"外祖母"的故事。在《小说与动物》这篇演讲辞中,张炜便以"外祖母"的口吻入手,讲述了狐狸戏弄猎人的故事。"她说有一个猎人,这个猎人就住得离我们不远,她甚至说得出他的名字、多大年纪。她说他经常到海边这片林子里来打猎,有一次遇到一只狐狸,当举起枪的时候,那只狐狸马上变成了他的舅父,他就把枪放下了;可是刚放下,对面的舅父再次变成了狐狸……就这样反反复复四次以后,他终于认定这是一只老狐狸的把戏,就把扳机扳响了……见猎物趴在地上,翻过来一看,真的是他的舅父……"(张炜,2014:6)

---

[1] 陈晓明:《守望剩余的文学性》,新星出版社2013年版,第2页。
[2] 毕光明:《偏离与追逐:中国大陆的新时期纯文学》,《中国文化研究》1988年第4期。
[3] 王诜:《世界著名作家访谈录》,江苏文艺出版社1995年版,第33页。
[4] 张炜:《融入野地》,作家出版社1996年版,第480页。

年幼的张炜分不清祖母说的是传说还是神话，他认定这是一个事实，并且真的相信狐狸可以幻化成人，这种恐怖的感觉一直伴随着他的成长，直到今天仍然记忆深刻。在长篇小说《忆阿雅》中，"外祖母"告诉我，人们普遍认为大户人家是靠他们的智慧、双手挣来的家财万贯，实际上，是因为暗地里结交了野物，才不至于让他们坐吃山空。"外祖母"说："阿雅具有一种超凡的本领，它能够一口气跑到南山，在大山里找到常人辨认不出的金粒，然后再在天亮之前赶回来，把它吐到那个水碗里。"[1]"那些小动物们固执地认为，只有找到了一户人家的阿雅才有最好的报应，它到来世的时候也才有可能转生为人。所以只要有机会为一户人家服务，那些小兽大都乐于去做，而且在林子里，在它们那一伙里，从此就成为极受尊敬的一种动物。"（张炜，2010：37）因此"我"为阿雅着了迷，在很长时间中都梦想着拥有一只属于自己的阿雅，阿雅在"我"心里不仅仅是一只动物，更是美丽的姑娘，"它美丽、灵巧、顽皮、出奇的聪明，永远欢腾跳跃。"（张炜，2010：8）在张炜笔下，他将人类对财富的追求寄托在小小的阿雅上，看似荒诞离奇，却如此天真、美好。

如果说外祖母的故事改变了张炜对世界的看法，那么其在童年所结交的文学之友则促成张炜的文学之路。张炜说："'文学'是什么？文学就是回忆，它大致在写'过去时'，记下了一些往昔事情，朋友的故事，那条河，那片海，所有经历过的生活细节，这等于把丢失的时间再找回来。"（张炜，2014：24）在《留心作家的行迹》这篇演讲辞中，张炜讲述了他的诗歌兄长——"坡"的故事。"我小时候遇到一个人，这个人的名字就一个字，叫'坡'，当地人都这么叫。他个子矮小，长得有点怪：有一张儿童那样的浑圆脸，眉毛竟然是淡黄色的，豁牙，模样像是永远在笑。他独身一人，非常贫穷，一天书都没有读，通常衣衫破旧。"（张炜，2014：77）就是这样的一个人，走到哪里，身边常常围了一群人。因为他有一个特长，"每遇到什么事情激动了，就会说出长长的顺口溜，而且越说越快，到忘情处竟然顾不得押韵了，只顺着一种节奏往前急赶，直到呼号起来，热泪潸潸的。"（张炜，2014：77）这一年张炜正上初中，他清楚地记得，有一个傍晚，"坡"在给大家讲一个光棍汉和一只羊的故事，光棍汉与羊相依为命，有一天光棍汉喝多了，醒来后，发现羊不见了，"坡"不停地细说找羊的过程，以至于"当时我不知道怎么一阵难过，和在场的许多人一样，忍不住流下了眼泪。"（张炜，2014：79）那时的"我"，只懂得故事中的感动，直到现在"我"才可以解释这一切，"坡"的吟诵看似杂乱无序，但很是自由，"当这种自由把心灵中的各种好东西唱出来时，才是最为精彩动人的。"（张炜，2014：81）那时的回忆，也让"我"更加明白只有真正地做到纯朴、忘我、生于泥土、原汁原味，才能创作出令人心动的文学作品。张炜自己也说，谈到过去，谈我们当年做学生的一些事情，好像就有了许多话要说。这些人生经历构成了他这一生最宝贵的财富，这些财富让作者懂得了文学能够拉近人与人之间的距离，让人更加珍惜彼此之间的情谊，让他更加懂得什么才是真正地爱文学，什么才是创作的激情……

在张炜的创作中，始终追忆的是他的故园。张炜曾说自己是一个"胆怯的勇士"，因为他是一个一直不停地为自己的出生地争取尊严和权利的人；同时又是一个一刻也离不开出生地支持的人。张炜说自己从很小时候起便能写作，他写作的内容主要有两个方面：一是内心的幻想；二是林中的万物。心中所想的万物，其实也是林子中的万物，因为张炜每天与林中万物共同成长。在张炜丰富的生活经历中，对其创作思想影响最深的首推"大自然"，这也正是张炜为什么利用众多的篇幅书写十六岁之前生活场景的原因。因为在张炜的记忆深处，"那是一片未经雕琢的大自然，茫茫无际的丛林、荒滩，很少有人工的痕迹。"[2]可以毫不夸张地说，这片"大自然"对于张炜生命的

---

1 张炜：《忆阿雅》，作家出版社2010年版，第58页。
2 张炜：《半岛故事与法兰西情怀》，载《海边兔子有所思》，长江文艺出版社2018年版，第36页。

塑造与影响、世界观的形成、审美力的培养、未来的文学道路，都有决定性的力量。在演讲过程中，张炜曾说，"没有大自然这个母体，'我'就不会存在。"[1]换言之，没有胶东半岛的自然环境、没有龙口海滩那片广袤的森林，就没有作家张炜及其千万余字的创作。从这个意义上来说，大自然是孕育张炜创作思想的基础。

长篇小说《九月寓言》是张炜比较有影响力的著作之一，作品中描述了小村人艰苦的生活环境，有人认为张炜是借《九月寓言》中的情境故意夸大农村的贫穷，但实际上，这是作者记忆深处"西岚子村"的真实写照。"我是从那个时期过来的人，小时候经常到那样的小村里去……我最愉快的事情就是和小村里的孩子们在一块捉鸟、捉迷藏。小村里的每一户人家我都熟悉，吃过他们的煎饼，喝过他们的水，怎么会不知道他们的生活？"（张炜，2014：74）因为海边湿度大，吃的东西经常发霉，在这样的情势之下，从鲁南一带传来了饮食妙计，那就是从鲁南背回摊煎饼的鏊子，用来制作宜保存的煎饼。"那时候坐不起车，交通也极不方便，从海边返回鲁南，不知要走多少个白天黑夜，没有钱住旅店，就睡在野地里……就这样，他千里迢迢去背回了一个鏊子。"张炜的记忆里，这个跋山涉水背鏊子之人，姓张，叫张启祥，他成为《九月寓言》中"金祥"的原形。幼时的张炜特别好奇煎饼的制作，他和一群孩子一起站在鏊子旁边，经常一动不动站一两个小时，除了看，他们还能享受摊饼人赠予的破碎煎饼，这给他的童年生活留下了非常深刻的印象。阅读张炜的作品还可以发现，除了《秋天的思索》《葡萄园》等一些中短篇小说以葡萄园的书写为主，大河小说《你在高原》中，主人公宁伽苦苦追寻的也是拥有一片属于自己的葡萄园地。长篇小说《我的田园》可以说是葡萄园的建筑史，《人的杂志》充分描写了葡萄园的经营细节。张炜之所以对葡萄园如此熟悉，是因为他从小就生活在葡萄种植基地，那里有无边的葡萄园；后来在半岛地区游走，到处可见张裕葡萄酒生产基地。可以说，作者记忆深处对葡萄园的熟悉要超过农场和工厂。虽然小说创作总是带有一种虚构的色彩，在阅读分析过程中，不能将小说内容与作家生活一一对应，但总是会不自觉地发现作家生活与小说创作的异曲同工之处，究其根本，是因为在作家成长的过程中、在那孤独的环境里，与其打交道最多、给予作家安慰最多的，就是生活中的点滴情景。

张炜说过，"我们发现纯文学这个概念不管准确与否，但总算能够让我们明白它所指的是什么。它不好界定，但是它仍然有几个明显的特征。其中有一个重要的特征就是它回忆的属性。纯文学作家一生的创作都有一种回忆的语调，即使是写当下现实，也离不开那样一种语调。"（张炜，2014：74）其实文学的本质在某种意义上说就是"回忆"。"普鲁斯特说：'现实只在记忆中形成。'文本就是记忆中的现实，在文本中，各种各样的内容都是作者通过回忆所展示出的，作品中所表现的现实实际上也是回忆中的现实、记忆中的现实，因而，可以说文学就是回忆。"[2]

三、"语言极度个性化"

韦勒克在《文学理论》中曾说，语言是文学艺术的材料，"每一件文学作品首先是一个声音的系列，从这个声音的系列再生出意义。"[3]同韦勒克一样，张炜也认为语言是文学作品的起点，"一切从语言出发，一切依仗语言，一切通过语言。"（张炜，2014：90）"语言差不多就是一切。"[4]语言不仅仅是作家的指纹，也是作家全部的历史，张炜对语言始终保持一种虔诚的态度，他说："我崇拜语言，并将其奉为神圣和神秘之物。""张炜本人的语言专注于个人知觉对事物的敏感性体悟、语汇与感觉经验的直接关联，专注于人类经验与

---

1 张炜：《自然、自我与创造》，载《他们为何而来》，四川人民出版社2018年版，第167页。
2 王辉：《纯然与超越——张炜小说创作论》，中国社会科学出版社2007年版，第158页。
3 [美]勒内·韦勒克、奥斯汀·沃伦：《文学理论》，刘象愚等译，江苏教育出版社2005年版，第17页。
4 张炜：《小说坊八讲》，三联书店2011年版，第4页。

自然精神的内在统一。他一直在努力维护纯文学的高贵与典雅，一直在打造一种以个人知觉方式为前提的'纯净'的言说方式，它是对人类感性知觉的激活，也是对人类情感的呵护，更是对自然的敬畏。"[1]

张炜并未遵循"语言是思想的工具"这一定规，他认为，"语言如果不是带有强烈的个人的生命印记，不是他人所无法取代的言说方式，那就不能称其为诗性写作。"（张炜，2014：305）这种语言上的极度个性化，首先要求在写作过程中，做到简洁、凝练、朴素。实际上，不仅仅是张炜，"在所有小说大家（如鲁迅、老舍、沈从文）心中，语言都是本体性的，它不是一种形式，一种载体，一种工具，而是一种存在的本体——包孕着思想、情感、人物、情节等内在的母体。"[2]"文学本质上是语言的艺术，语言的衍变，意味着文学的变革和发展，文学的转型和变化，也会在语言上有所体现。"（刘东方，2015）在张炜看来，真正好的作家、作品中，"早已经把过分的修饰部分用碱水洗掉了。于是他变得更干净、更简洁，表达力也空前提高。"（张炜，2014：61）他们从每一个字和词开始，寻求整部作品的健康。《九月寓言》中，挺芳的父亲是一位带着流氓气的高级工程师。这一特点的展现颇为有趣，"小美人是全工区最贞洁的姑娘，听了不够检点的话就流泪。工程师坐到理发的皮椅上不足三分钟，小美人已经哭成了泪人。"（张炜，2014：17）张炜没有直接描述工程师对小美人说话的内容，但仅仅三分钟，小美人哭成了泪人，便可见工程师的卑鄙与下流。这便是张炜语言上的高明所在。同样，小村姑娘赶鹦与伙伴们的对话，也十分有趣。赶鹦怂恿矮壮憨人跟肥摔跤，憨人也是极听赶鹦的话，伸长两臂就去找肥。"那时肥正叉着腿坐着，见憨人来了，一屈腿把他蹬了个仰八叉。'肥赖哩，赶鹦姐！'赶鹦笑了，说憨人哪，快找肥当个媳妇吧，你骑上她，她就不敢踢人了——天哪，老头子老婆子瞠目结舌，说，'了不得了，这姑娘说话多开通，准是个遭了个男人的主了。'"（张炜，2014：18）对话虽然简单，但寓意深刻，一是赶鹦性格活泼、开朗，有着天生的指挥能力，小村伙伴对她的话都很听从，同时作为姑娘的赶鹦比同年龄段的伙伴们更加成熟、叛逆。二是村民们的愚昧和保守。"张炜是一个思想型的作家，但同时又是一个出色的小说艺术追求者。张炜的笔下有故事、有人物，更有对语言的本体性追求。"（唐长华，2016：186）他的人物语言贴着人物的个性与身份，将老百姓的民间语言与官方的语言并置在一起，形成了既简单、朴素又幽默、反讽的语言风格。

"方言是真正的语言，"（张炜，2014：12）张炜语言极度个性化还表现在，将胶东方言与普通话掺杂在一起使用。他在香港浸会大学授课时曾说，"方言是一方土地上生出来的东西，是生命在一块地方扎根出土时发出的一些声响。任何方言都一样，起初不是文字而是声音，所以它要一直带有自己的声调，即便后来被记录下来形成了文字，那种声音气口一定还在……这种连血带肉的泥土语言，往往是和文学贴得最紧的。"（张炜，2014：13）无论是《古船》《九月寓言》，还是《远河远山》《丑行或浪漫》，亦或是十部"你在高原"系列，以及最近几年陆续出版的《半岛的哈里哈气》《独药师》《艾约堡秘史》等，都运用了胶东方言。"（张炜，2014：13）"你只管支棱起猪耳朵就得了……"（张炜，2014：197）这里"支棱"实际上是普通话竖起的意思；"再后来应了他们的话，俺就给你姥娘做闺女了，你姥娘袄袖上钉着银针……"（张炜，2014：198）这里"姥娘"实际上是普通话中"姥姥"的叫法；"他比我只大三个月，个头却比我高一拃……"[3]这里"一拃"实际上是胶东地区计量长度的一种说法，是张开大拇指和中指两端的距离；"哈里哈气的东西"（张炜，2013：11）这里"哈里哈气"实际上是普通话中傻里傻气的意思……方言虽然在张炜文学创作中具有重要的位置，但他仅仅将方言中某些重

---
[1] 刘东方：《论张炜的文学语言观》，《文艺争鸣》2015年9月。
[2] 唐长华：《张炜小说研究》，中国社会科学出版社2016年版，第186页。
[3] 张炜：《半岛哈里哈气》，作家出版社2013年版，第6页。

要的元素、珍贵的东西运用到文学创作中，在创作过程中还是更多地遵循普通话的规范，张炜说："如果我们的作品压根就不打算在更广大的地区得到阅读，只是想在本地流传，那就不必有其他的考虑了。可是我们的书要在整个汉语区发行流通，这种转换也就不可避免了，而且这种转换还不能依靠别人，而只能依靠我们自己。"（张炜，2014：14）由此可见，张炜的语言观不仅仅出于作家自身的考量，更是从整个民族文学发展的角度出发。"文学离不开语言。我们现在谈论的其实是狭义的文学，不是广义的文学，即不包括俗文学，因为俗文学本质上不是诗，是曲艺的性质。雅文学离开多了语言什么都没有，它的一切都是通过语言去实现的。（张炜，2014：293）

语言极度个性化还要求禁用电视和网络上的常用词汇。"现在报纸副刊、电视和网络上常用的词是什么，要注意，因为通常他们使用的是最没有创造力的文字，最普遍最便当，也是最廉价的表达方式，所以文学语言必须远离它们……一些时髦而浅薄的语言指代符号，往往就是一个时期传媒上出现频率最高的，像一些滥词，靓、亮丽、关爱、呵护之类，这一类词在文学上是无法使用的。"（张炜，2014：62）张炜之所以坚定地认为这些网络词不可使用，是因为，一是网络通用的词汇会淹没个性。磨损自尊，把平庸当成有趣；二是它们的出身不好。张炜说，文字也讲究出身，是用来与庸俗作斗争的，一开始便不能有浊气。在他看来，一个词、一种语体，一旦被庸俗了，也就成为了文学的对立物。语言包含了广义上的情节、思想和人物，作品中人物的说话方式、描述方式，都是通过语言呈现的。能够保持巨大创造力和极度个性化是张炜诗性写作中语言观的奥秘。"纯文学写作必须追求语言文字方面独特高超的技巧，写作者对语言和文字要有超乎一般的敏感性。这种语言可以说与时共舞，具有随时代而生长、随时代脉搏而跳动的鲜活性，要始终保持巨大的创造力和个性特征。"（张炜，2014：89）

四、结语

"从印刷量上看，诗性写作的最初印数不必很大，但放在较长的时段来看，其积累印数应该维持在一个较高的水平。"（张炜，2014：305）张炜认为的诗性写作思想的第三个性质是不断得到重复出版，在他看来，一个作家除了需要关注具体作品的印刷量之外，还应关注印刷的全部总量。这实际上也在强调，雅文学作品是经得起时间检验的创作，是文学经典。从受众上来说，诗性写作会得到较高层次的认可，这是诗性写作思想的第四个特征。萨特曾说："作家原则上是对所有人说话的。但是我们随即指出，只有一小部分人读他的作品。理想的作者群与真正的读者群之间存在差距，由此产生抽象普遍性的观念。"[1]与萨特如出一辙，张炜认为，在诗性写作思想指引下创造出的作品，"经过较高层面的阅读筛选，反复交错的认识，它们最终能被容忍下来、宽容下来、肯定下来。"（张炜，2014：305）与"回忆性的特质"、"语言的极度个性化"、"积累印数较大"这三个特征相比较，张炜认为，经过一段时间的检验，得到"较高层次的阅读专家相对一致的肯定和关注，则是'诗性写作'的一个非常显著的、重要的条件。"（张炜，2014：306）这对诗性写作创作具有重要的影响和指导意义。这里不再展开论述。

商业社会的运行，打破了文学的发展规律，"纯文学"这个概念在图书市场风云变幻的年代，也显得怪模怪样，但诚如陈晓明所言，"图书市场再怎么样向着消费主义发展，所有被归结在文学名下的作品，都不可能脱离文学性，总是在一定程度上与文学性发生关联，从而可以被识别为或被指认为文学作品。这就使'纯文学'的存在具有了永久性的根基。"[2]从这一点出发，张炜诗性写作思想更显珍贵。"这位如行吟诗人般痛苦、浪漫的作家奉献了既尊重艺术缪斯，又关切现实经验的美学方案和叙述策略。"[3]他不再视纯文学写

---

[1] 保尔·萨特：《什么是文学》，人民文学出版社2018年版，第141页。
[2] 陈晓明：《向死而生的文学》，吉林出版集团有限责任公司2009年版，第44页。
[3] 顾广梅：《"中国经验"文学叙述的难度与策略——理解张炜和他的〈刺猬歌〉》，《文艺争鸣》2009年第1期。

作为单纯的文学创作问题，而是进入了一种延续的状态，是对整个文学走向以及生命如何发展和表达的思考。对于现代社会的高速发展给精神世界带来的影响和冲击，张炜一直心怀仇视，在他看来，如果过于关注物质世界，则很难与整个世界相处融洽，只有真正走进诗意的人生，并将这种诗意保持下去，才能避免物质世界所带来的恐慌，重建人类的精神家园。

野性·伤痛·回归——《九月寓言》中的土地共同体书写

黄佳伟[1] （上海大学外国语学院，上海 200444）

© 2021 比较文学与跨文化研究，56-60 页

摘要：在《九月寓言》中，张炜描绘了一个原始而充满野性的生态小村生活图景。本文采用利奥波德的土地共同体理论，梳理了小村的土地金字塔构成，解读了土地及生长于其上的一切植物、动物以及人类的共生一体关系以及它们所共同呈现的野性，剖析了工业文明给土地共同体带来的多层级、多维度的伤痛，揭示了人类将自我从土地共同体中剥离的不可行性，试图唤起人类的生态良知。

关键词：张炜 《九月寓言》 土地共同体

1992年张炜发表长篇小说《九月寓言》，描写了野地之上的小村人原始而纯粹的生活方式，展现了张炜对人与土地之间关系的独到见解以及对人与自然前途命运的诗性关切。多年来，对小说《九月寓言》的研究大多集中在生态领域，如白雪认为张炜采用"人类拟物和自然拟人的双向对生"手法解构人类中心主义的狂妄自大，力图实现人与自然界的整生性和谐发展[2]。在代后记《融入野地》中，张炜写道："稼禾、草、丛林；人，小蚁，骏马；主人、同类、寄生者……搅缠共生于一体。我渐渐靠近了一个巨大的身影……"[3]。主人，即人类，被置于其他物种的同等地位上，张炜借此尝试"扭转人类在'土地-群体'中的征服者角色，将我们变为'土地-群体'中的一员公民"[4]，这与利奥波德在其代表作《沙乡年鉴》中所提出的土地共同体概念不谋而合，透射出张炜写作中的生态整体主义思维。多位学者在其研究中都已提及张炜写作中的生态整体主义思维和土地伦理，但鲜有学者从土地共同体概念和理论出发作具体阐述；另外，学界对小说中土地意象的属性存在争议，李惠敏认为大地"成就着一个个春华秋实，是以她的丰收和产物滋养哺育着她乳儿的丰腴人母"[5]，在她看来，张炜笔下的大地扮演者温柔是母亲角色。李想、黎治平、陈向辉却认为"物是野的，人也是野的；小村是野的，自然也是野的"[6]，显然，在他们眼中，土地却是一头充满野性的生灵。因此，本文拟借用利奥波德的土地共同体概念和土地金字塔理论，试图揭示土地及生长于其上的一切植物、动物以及人类的共生一体的关系以及张炜笔下的土地共同体的本真属性，剖析工业文明给上述一切生命和非生命意象所带来的共同的伤痛，解读人类试图将自我从土地共同体中剥离的可行性以及所带来的后果。

一、共有的野性

长久以来，尤其是19世纪之前，由于科学技术发展的限制，生存问题、温饱问题长期存在，

---

1 作者简介：上海大学外国语学院硕士研究生，主要研究方向为生态文学。
2 白雪："论文学人类学视野下的整生性生态观——以张炜的《九月寓言》为例"，《柳州师专学报》(2009)，第28页。
3 张炜：《九月寓言》，北京：作家出版社，2014年，第295页。
4 奥尔多·利奥波德：《沙乡年鉴》，舒新译，北京：北京理工大学出版社，2015年，第210页。
5 李惠敏：张炜与艾特玛托夫小说的"大地崇拜"情结比较研究[D]，辽宁：辽宁大学，2018年，第13页。
6 李想，黎治平，陈向辉："论张炜小说《九月寓言》中的生态意蕴"，《安徽文学》5 (2018)，第29页。

人类为求生存，在人与自然关系问题上，以人类为中心的、以征服为手段的自然观自然而然地成为了处理人与自然关系的行为准则；然而随着科技的进步，继而引发种种工业问题和生态灾难，一直未处于主流思潮中的以生命为中心的阿卡狄亚自然观[1]，即原始的、田园牧歌式的自然观逐渐进入人类的视野，人类对自然又重新开始产生向往和眷恋。因而也就出现了"人类也是一种动物"这样直接而有力的呼喊。张炜在《九月寓言》的代后记《融入野地》中对人类的身份做出了更为激进的论断，他认为"人实际上不过是一棵会移动的树。他的激动、欲望，都是这片泥土给予的"（张炜，2014：295），这样一种比拟虽然不符合生物学论断，却符合小说作为寓言的特性。在小说《九月寓言》中，大地不仅是一位温柔的母亲，一位名叫盖娅的女神，同样也是一头充满野性的生灵。野性"指自然生命状态下所呈现出来的勇气和力量，具有在自然与社会险恶环境下，勇于面对与坚韧顽强的精神气质，在审美形态上归结为'真'"[2]，小村人的身上充斥着与生俱来的野性，正如他们所生长的这片野地，以及野地上的一切动物、植物以及非生命物体一样。

小说开篇第一句"谁见过这样一片荒野？"就已点出了这片土地本身所具有的野性。小村中的非生命意象带有其野性。小村的气候变幻不定，茫茫夜色中会不时响起隆隆雷声；天空划过闪电，却不见雨水；但当雨水真正降临大地时，"天和地、地里的地瓜秧儿全都一个颜色，一切的一切都恼怒了"（张炜，2014：102）。气候的不确定性正是地球上非生命体的野性呼喊，同时这样的呼喊又将一切生物卷入其内，青蛙在雨中蹦跳，树枝在雨中折断，老鼠在雨中搬家，老鹰往茅草里钻，人在雨中迷失了路径。

小村中的植物充满着野性："疯长的茅草葛藤"、"草梗上全是针芒"、"没膝深的蒿丛"、"满地都是一股绿色植物的野性味儿"（张炜，2014：173）……绿色便是自然最原始、最健康的颜色，全篇无处不在的对植物生命力的描写透射出自然最原始的力量。正如利奥波德所言："植物的演替左右着历史的进程……是真实存在于土地之上的"（利奥波德，2015：213）。

小村中的动物同样充满野性。鼹鼠的洞遍布平原之上，街道之上有着各色野物，水草间有大鱼咕咕叫，兔子如箭一般飞奔……同样地，人类作为这样一片原野上一种最为特殊的动物，身上也散发着难以掩饰的野性。值得注意的是，张炜在描写小村人的生活环境时，几乎没有提及屋舍的存在和内里的陈设，仿佛小村人都赤裸裸地暴露在野地之中，显然张炜有意将自然之外的物件边缘化，恰恰凸显了人的野性本源；小村人自我认同为"土人"，即与泥土紧密不可分割的人，即使体验过工区大水池子的洗礼，却依旧选择重新裹上一层厚土。"破衣烂衫的人在山地和平原上奔波，风餐露宿，像老鼠一样满地觅食"（张炜，2014：69）；田里的人都不穿鞋子，大脚掌直接踏在松土上；小村里的年轻人永远在茫茫夜色中奔跑，就如同在黑夜中捕猎、嬉戏、奔逃的野兽一般。小村三宝之一的赶鹦是一匹永不知疲倦的宝驹；奔跑是人作为动物与生俱来的能力，对动物来说，无法奔跑就等同于死亡；挺芳并非小村人，在这样一个外来人的眼中，作为小村人的赶鹦"透过粗粗缝过的衣服裂缝，一股逼人的野气散发出来"（张炜，2014：20），往往局外人便能看清事物的本质，而作为工区人的挺芳便看到了小村人的野性。

中国自古有言：一方水土养一方人。利奥波德将土地比喻为一座金字塔，金字塔的最底层是土壤，其上是植物，再上层是鸟兽，各种动物群体通过不同的方式排列至金字塔的最顶层。"人便是增加金字塔高度和复杂性的数千种物种中的一员"（利奥波德，2015：221）。根据利奥波德的金字塔理论，土地作为其上层结构的能量源泉，土地的能量和特征会向上传递并与上层结构彼此相互作用，以此达到土地共同体的稳定和谐。因而

---

[1] 苗福光：《文学生态学：为了濒危的星球》，上海：复旦大学出版社，2015年，第7页。
[2] 何小平："野性、理性与神性：论沈从文对人性内涵的生态审美建构"，《南华大学学报（社会科学版）》(2018)，第113页。

也就解释了小村这片土地的野性所逐步孕育出生长于其上的包括小村人在内的一切动植物的野性，甚至是非生物的野性。利奥波德认为土地共同体"意味着对群体其他成员的尊重，也意味着对群体本身的尊重"（利奥波德，2015：210），小村人能够同身周的动植物和谐共处，他们的饮食不掺杂非自然的元素，仿佛所有人都只吃地瓜干，同其他的小村人一样，五十岁的金祥是靠树叶和瓜干长成的骨肉；张炜运用人类拟物的方式凸显了人与植物的不可分割性，例如小村人将快死的人称作熟透的瓜儿；小村人同样能够同满地的鼹鼠和野物和谐相处，金祥在回村的路上也同小猪成了朋友……小村人作为土地共同体的一员，尊重这一群体中的其他成员们。

二、共同的伤痛

正如前文所言，张炜笔下的土地共同体是具有野性的，但它并没有表现出吞噬一切的力量，这样一种无力的状态却给读者造成一种宽厚仁爱的假象，但土地的本真形象并非如此，实际上此时的土地正如同一只被咬伤的雄狮，承受着无与伦比的伤痛，且伤口一日大过一日，已经无法恣意追逐和捕猎，甚至已经无法挽回自己的生命。而土地共同体所经历的伤痛的形式也并非是单一的，而是多层次、多维度且相互贯穿的。

在物理生态维度，即自然生态维度，"地上有一个村庄，地下也有一个村庄"（张炜，2014：285）。地下的村庄传来隆隆炮声，这不是自然的声音，而是工区入侵的号角。非生态的工业元素以毁灭式的力量一步步将作为共同体金字塔底端的土壤掏空。而对底层土壤之上的植物群体而言，失去了底层土壤资源，其生长必然受阻，这是对植物群体的间接伤害，然而不仅于此，工区的伤害更直接作用于金字塔第二层的植物群体，"杂树林子没有了。工区的小砖屋子，小坏房取代了它们"（张炜，2014：157）；最终"无边的绿蔓呼呼燃烧起来"，植物群体毁于一旦。在植物群体之上的动物群体同样因工业文明的入侵而遭受着身体上的伤痛和生命的威胁。这里我们不能忽略，人也是一种动物，以龙眼为代表的小村人因为土地的塌陷而被活生生地吞没，失去了生命。

在社会生态维度，即在社会伦理维度，小村人的生活方式也被以工区为代表的外来工业文明所渗透。不知何时，女人们开始进入工区的大水池子洗热水澡，"皮屑和灰土一层层脱去，好像积了半辈子的污垢一下子除掉了"（张炜，2014：56），女人们开始意识到她们自己和她们的男人一辈子都是脏的，这是对原始生态生活方式的质疑，进而女人们开始相信"这是几辈子传下来的土，非打热水池子泡洗不可"（张炜，2014：57），这是对小村原始生活的公然反叛，然而反叛的结果却是男人的虐待和毒打。这里女人们的伤痛并非由工业文明直接造成，而是牺牲在了传统生态文明和现代工业文明的斗争中，也就是利奥波德所说的"作为被奴役者和佣人的土地与作为集合有机体的土地之间的对抗"（利奥波德，2015：228）中，在去过工区洗澡的女人们眼中，土地的属性能够从自身剥离出去，然而她们的男人们却始终坚守着自己和土地的一体性，男人作为直接的施暴者，却更像是歇斯底里的挽留。这样的挽留是成功的，同时也是可悲的，他虽然留住了小村的尊严，却着实在原始乡土文明之上撕开了一道口子，暴露出了原始野蛮和残酷的属性，给两种文明的进一步对抗和小村人的叛逃留下了隐患。虽然大水池子事件中，工业文明并没有成功入侵小村，然而女人们在两种文明的夹缝中所发出的哭喊和流出的血泪却是真实的。

在精神生态维度，小村人一直用原始的方式生活，用原始的工具种地，同样也用原始的方式思考，在小村人与工区人的接触中，他们思考的方式和内容悄然发生了改变，而改变造成的不是和谐，而是内心的纠结。与工区接触过的小村儿女们身处逃离与回归的矛盾中，工业文明的外来意识与小村人与世隔绝的原始的纯真思维的混合已成事实，无法挽回，双重意识的不可调和性使得小村的儿女们被迫做出选择，逃离与回归的问题已等同于生存还是毁灭的问题，而抉择必然是痛苦的。

三、逃离与回归

值得注意的是，虽然小说中反复出现"野性儿"、"野味儿"等词语，但同样一个"野"字却有不同的含义。在小说前半部分，"野"字所代表的是土地给小村人带来的奔跑不息的力量和执着的信念和坚守，即使他们并不知晓奔跑是为了什么，他们内心坚信的是什么，但他们依旧享受着奔跑所带来的舒畅和痛快。而在小说后半部分出现的"野"字却大都更应该理解为撒野和不服从，是一种违逆和反叛的意图，其源头便是小村人和工区的接触。

小村人对野地的反叛实际上是对土地共同体中人类所扮演的角色的否认和人类应该承担的责任的无视，然而在张炜笔下，反叛的可行性究竟几何？其结果又将小村人导向何方？三兰子没有经受住工区那个会弹琴的语言学家的诱惑，往来小村和工区"挣下写作儿呀袄儿呀，还有银耳环儿，红胭脂"（张炜，2014：225），后因为吃了工区"不干不净的东西"（张炜，2014：226）而被婆婆用碱水洗了肠胃，大病一场，为了不再接受婆婆的"医治"，三兰子产生了想要杀死婆婆的念头，在黑夜中疯狂地奔逃，想要逃出小村，然而最终还是无法逃离这片土地的追赶。张炜说，"寻找一个去处成了大问题，安慰自己这颗成年人的心也成了大问题。一个人总是先学会承受，再设法拒绝"（张炜，2014：294），一旦离开了土地共同体，一旦拒绝了作为土地的一部分的身份，人的去处便不复存在，"故地处于大地的中央。他的整个世界都是那一片土地生长延伸出来的"，"故地指向野地的边缘，这有一把钥匙。这里是一个入口，一个门"（张炜，2014：295），土地才是人真正的归宿，即使土地上有伤痛，土地给生活于其上的人带来了伤痛，土地上的人给其他的人带来了伤痛，但这一份归属却无法割舍，三兰子唯一能做的便是与土地一同承担这份伤痛。然而，张炜所描写的小村人的回归是什么，他们回归的目的地又在何方？人回归的指向并非是大地母亲温暖柔和的怀抱，而是作为土地上生灵的自我属性，一种褪去了一切外部束缚和伦理定义的本真自我，而这样的自我才是真正能够与土地融为一体的生灵。虽然三兰子被迫回到了小村，但经过工业文明洗礼的她已开始不适应小村的生活，她不断地呼喊"我快死了！我快死了"（张炜，2014：237），她的肉体虽然回到了小村，但她的精神却依旧向往着工区，当再次见到代表工区的黑面肉馅饼时，她依旧"突然一下子抱住了那黑色的食物"（张炜，2014：226），灵与肉的撕裂最终导致了三兰子的自杀。三兰子对土地共同体的反叛和回归都是不完整的、不彻底的，充满矛盾的，"他们纯真原始而又低级，他们灵性又愚昧，他们处在人与自然的半协调半不协调的尴尬处境里，盲目地坚守着原有的生活方式，拒绝外来文明，但又克制不住地艳羡向往，在挣扎摇摆中看不到方向，只能蝇营狗苟地胡乱活着。《九月寓言》的生存困境就在于此"[1]，逃离还是回归的矛盾最终引发了悲剧结局。

肥是另一个背叛土地的女孩。她的追求者有两个，一个是同为小村土人的龙眼，另一个是工区的少年挺芳，虽然小村人一直都有不许嫁娶外乡人的规训，但"内心充满了叛逆感的肥之所以在挺芳的一再怂恿下仍迟迟不愿下定决心出逃，根本上来说就是挺鲅人无法割舍的对土地、对自然的深切眷恋"[2]。在经历了痛苦挣扎之后，最终肥还是选择跟随挺芳逃离小村，然而在离开的路上，肥才真正意识到自己不是"没爹没娘的孩儿"（张炜，2014：229），她开始惋惜"没能赶上刨出一地瓜儿"（张炜，2014：229），当自己不再拥有的时候，人又开始想念过去。当看到小村塌陷，熊熊烈火吞噬一切的时候，肥煞白的脸色透露出她的恐惧，她将自己从土地共同体上剥离出去之时，土地也抛弃了她，她再也无法回到小村的土地上去了。在小说起始，肥回到了荒废的小村，她不顾挺芳的恳求，不顾一切地奔向十年前

---

[1] 葛婷婷："内在和谐与外在矛盾的交锋——张炜《九月寓言》生态思想探讨"，《人文论坛》00（2017），第114页。
[2] 程海岩："对土地的坚守与背叛——简析《九月寓言》中赶鹉与肥的形象"，《重庆科技学院学报（社会科学版）》（2011），第111页。

的小村，但找寻到的只有土地的无尽伤痛，这时她也许已经意识到自己和小村，和土地，和土地上的一切生灵是一体的，土地的伤痛引起自己内心的疼痛。肥活下来了，但她的根消失了。张炜说人是一棵会移动的树，树一定会有根，肥失去了根，她的未来不知会去向何方，也许她会一直找寻，也许她会枯竭。肥的反叛同样是不彻底的，不同的是，肥的肉体离开了土地，她的一切回忆、渴望、向往却留在了土地上。

赶鹦是小村三宝之一，美丽而充满活力，她是小村中最具备野性的人，素来秉承着小村人生态生活方式的她也曾被工区的秃脑工程师所吸引，她也开始往工区跑，然而在工区的生活并没有使她得到极大的快乐，相反，她感到迷茫，她又开始在黑夜中游荡，黑夜和奔跑给了她启示：她属于野地。最终赶鹦断绝了和工区的一切来往，又一次做回了小村的宝驹。赶鹦短暂地背弃了土地，然而土地的野性以及她与土地上一切生灵的牵绊将她唤回，与三兰子和肥不同，她的回归是彻底的，因而她的结局也是纯粹而充满希望的："一匹健壮的宝驹甩动鬃毛，声声嘶鸣，尥起长腿在火海里奔驰，它的毛色与大火的颜色一样，与早晨的太阳也一样"（张炜，2014：292），小说结尾出现的宝驹在面临死亡时依旧充满力量和野性，它可以是一匹真正的马儿，也可以是被小村人称作宝驹的赶鹦，更是土地本身，那头充满野性却遭遇伤痛的生灵最终在火中涅槃重生，土地本身也在回归，借助一场大火回归到小说初始所描绘的廖无人迹的更为原始的荒野。

四、结语

《九月寓言》中所描绘的土地共同体充满野性，却遭受着工业文明的侵蚀和分化，土地金字塔中不同层次的生灵在伤痛中寻找方向，逃离还是回归成为了生与死的议题。作为土地共同体中的一员，人类也曾试图将自身与土地相割离，然而其结果却是一出出悲剧。人类也是一种动物，人类最终无法将土地所给予的野性去除，无法脱离土地而生活，这便要求人类对现实做出反思，尝试由人类中心主义思维转向生态整体主义思维，重新融入野地，思考自己身处其中的土地共同体的未来走向，唤起生态良知，与自然万物平等相处，重塑我们饱经伤痛的家园。

张炜的时代误诊病例——论《艾约堡秘史》中的荒凉病

赵京强[1]　（山东师范大学文学院，山东 济南 250014）

摘要：张炜长篇小说中的许多重要角色都患有一种时代性的精神病症，在《艾约堡秘史》中，张炜名之为"荒凉病"，这可谓一种误诊。淳于宝册跟张炜之前小说中的一系列"守护者"并无质的不同。其实，他们都是热病患者。"荒"源于物质文明的疯长，"热"源于不肯退却的抗争与坚守，而"病"正是从二者悖谬的夹缝中滋生和繁衍。医者难自医，对荒凉的世界和冷漠的人群而言，它是病，对身为"病人"的作家而言，它是不可丢弃的良心！

关键词：张炜　"时代误诊"　《艾约堡秘史》　荒凉病　荒热病

"'荒凉病'到底为何物？"

2018年4月20日，面对我的疑问，张炜本人在济南新华书店读者见面会上坦言："《艾约堡秘史》中的'荒凉病'并无特别的初设意义。时代的畸形物质发展肯定会让人得各种病，在小说中需要给它取一个名字。"可见"病"是"恒常"的，"荒凉"之名却是"随机"的。这个名字不够好，当人觉得"冷"的时候，往往已经是在发"高烧"了。

根据陈晓明的观点，张炜与"商业主义"社会的对立由来已久，"时代有病"是张炜独特立场之下一直坚持的一种艺术表达[2]。但是可能张炜自己都没有察觉，他笔下是极少有"寒凉之症"患者的，这与张炜以"退守者"自居的知识分子定位有关。张炜不喜欢写"完美"的人，他小说中的主角们都有各自的症状，但几乎都是清一色的"热病"患者：他们处世独立、退守一隅，以一己之热力对抗尘世之荒凉，以百折不挠的精神延缓着"荒凉大军"征服世界的速度，虽然未必看得到胜利的希望，却从来不会灰心丧气，无论身处何地都不会丧失思考和行动的能力。他们感到浑身发冷，可是他们自己却额头滚烫。在这些形形色色的热病患者中，有如隋抱朴那般，潜隐保守却始终充满生命活力、紧抱救世情怀的人，有如季昨非那般遁世修身却具有敏锐的革命意识、坚守爱情的浪漫气质的人，有如廖麦那样无力抵抗、被迫逃亡却始终表现出高昂的生命姿态和誓死不屈的勇气的人……2002年的1月31日，《中国图书商报》刊载了王富仁、陈晓明、孟繁华等人对《能不忆蜀葵》的评论，文章定名为《一场艺术热病能生多久》，当然主要指作品掀起的研究热潮，但也概括和预言了张炜小说中角色的"通病"。这些人物，深受越发冰冷的文明世界"寒流"之苦，然而"红薯烧心理"——"荒芜"源自思考的痛苦，"凉"却未必！荒凉的只是他们周围的世界，不是人本身！《艾约堡秘史》中的淳于宝册饱受磨难和贫困，九死一生，却又苦尽甘来，在一个冰火两重天的特殊境遇里，表现出生命力的巨大坚韧性和矛盾性。他代表了当下中国人群中的一大类，在历史背后他们历尽磨难却又尽享荣华，在时代前沿他们灵魂裸露、相互纠缠、饱受非议而且茫

---

[1] 作者简介：赵京强，山东师范大学文学院中国现当代文学专业2017级硕士研究生。
[2] 陈晓明：《挪用、反抗与重构——当代文学与消费社会的审美关联》，《文艺研究》2002年第3期。

然无措。正如龚曙光所言，时代的巨大戏剧性将这些猝不及防的灵魂炙烤在经济的烈焰中，任其在扭曲中物质膨胀、精神荒芜[1]！然而无论是扭曲、是膨胀还是随之而来的迷茫，都无法湮灭他们生命的热度。

一、一场"误诊"

一部酝酿了30年的长篇小说无疑会浸满历史的色素沉淀，可是"反思改革开放四十年"的视角又注定把它推向时代的前沿，可以说这种矛盾体系对《艾约堡秘史》而言，与生俱来。张光芒曾经认为，张炜的道德精神在"秋天系列"和《古船》时期达到高峰，之后的写作却在反抗文明的征途上一退再退，显示了其道德精神的衰弱过程[2]。这种判断值得商榷，其实张炜从未削弱自己精神思考的力度，只是随着历史对当下的不断逼近，他从批判历史之决绝走向质疑时代之迷茫而已——态度之缓和绝不代表思想强度之弱化。从作家自己的角度来看，张炜从来不是一个怯于表达价值立场和情感取向的人，淳于宝册身上寄寓着张炜对前沿时代的判断，字里行间所呈现的，是一张时代症候的"病例诊断书"：

艾约堡病例诊断书 科别：精神科		
姓名：淳于宝册	性别：男	年龄：57岁
民族：汉	婚姻状况：已婚	职业：狸金集团董事长
籍贯：老榆沟附近农村	家庭住址：合欢大街小鸟路六号甲艾约堡	
主诉（症状）： 发病时面色发青，手足抖动，两眼闪着尖利骇人的光，整夜不睡，饮酒或乱嚎。白天大部分时间昏睡，偶尔醒来会衣衫不整地出现在门口，呼叫一些陌生的名字。喝一杯茶，之后会怔怔地坐一个多小时，起身时仿佛变成了八十多岁的老人，臃肿虚弱，腿也突然拖起来……[3] 每次发病都在秋天，大约是季节的变化再加上某些刺激，通常要经过一个多月痛不欲生的煎熬才算过去。		
治疗史： 每次由艾约堡高薪聘用的一位年纪很大、手里老是攥着紫色陶罐的老中医施以重剂、配合针剂治疗，老人使出浑身解数为他缓解，却无论如何也难以根除，甚至无从判断病因，只好用"荒凉病"三个字勉强概括。所用药材涉及大量的煅龙骨、朱砂……（张炜，2018：18）		
诊断结果：荒凉病	副主任医师：老中医（张炜）	
复诊结果：荒热病	主任医师：XXX	

南帆早就说过："张炜的心目中，一边是大地、植物、常识、传统、血缘亲情，另一边是城市、人工制品、刁钻古怪的理论……张炜执拗地把前者作为最终归宿。"[4] 如今，面对淳于宝册的"痼疾"，张炜下定决心把改革开放催生的暴富一族添加到自己"归宿"的对立面了。

《艾约堡秘史》在改革开放40周年之际问世，绝非偶然。改革从不以文人的意志为转移，但改革的成功推进，有这些"审视者"每个人的功劳，他们往往对当下社会进步的成果分享并不关心，只对人类社会的未来走向情有独钟，自觉地对接下来要走的每一步做出审慎的考量和自觉的干预。张炜从一开始就对这场巨大的变革采取一种审慎的态度，到了今天，他所看到的仍是潜伏

---

[1] 龚曙光：《诗性的蓄聚与迸发》，文艺报2018年4月23日。
[2] 张光芒：《天堂的尘埃——对张炜小说道德精神的总批判》，《南方文坛》2002年第4期。
[3] 张炜：《艾约堡秘史》，长沙：湖南文艺出版社，2018年，第52-58页。
[4] 南帆：《大地的血脉》，《中国文化报》2003年6月12日。

于物质生活急速飞跃之下的生态和精神危机。改革没有终点,"改革者"永远是立足当下看未来的,但"审视者"不同,他们的"此在"跨越历史之维,从当下的视角回望传统、以历史的眼光展望未来、用发展的眼光驻望当下,都是家常便饭。张炜对时代发展的潜在危险向来独具慧眼,但毫无疑问,零距离的当下视角势必会损害作家的视力,且视觉模糊之下,很容易将时代的整体危机嫁接到自己身上,引发创作者自身的精神痛苦,进而导致对时代病症的"误诊"。从这个意义上说,《艾约堡秘史》的高贵之处,不是在于选取了一个时代性极强的暴富一族作为主角,而在于张炜对自己视力的主动牺牲——他完全放弃了"淳于宝册们"这一族群极具市场诱惑力的一切奢靡物质生活画面的描摹,而专注于揭示其精神上的重重危机:回忆过去,挣扎过、斗争过、胜利过;清点现在,拥有女人、拥有财富、拥有权力;思考未来,尚存活力、尚存追求、尚存希望。那么他们的焦虑从何而来?是什么尚不曾拥有?所拥有的到底价值几何?这是一种带因证果的问答辩证[1]。

张炜坚决不肯对自己体察到的时代病症放任自流,但任何"时代病症"都是在历史中生成,跨时空的会诊任务艰巨,它所需要的巨大勇气从一开始就注定。"理性判断的客观性"要求作家在客观历史经验中不断地进行自我干扰消除,这是一种西西弗斯式的悲剧——诊断的过程也是身受感染的过程,因为不论是读者还是作者,不论是拿过去还是未来作为挡箭牌,都抵不住时代病症的侵蚀!张炜准确地判断出淳于宝册的症候源自于一种精神的"荒芜":秋天是收获的季节,也是枯萎的季节,宝册的病"随每一次秋风吹起,便会如约而至!"这种致命的荒芜属于精神领域的诊断,却奇怪地与"病人"的物质财富成正比——挣扎在生存边缘的人习焉不察,它却始终啃咬着饱食者们的心灵。就像魔鬼"墨菲斯托","荒芜"逼迫着每一个从改革中受益的暴富者跟"浮士德"一样,要满意地对我们的时代高歌赞美:"请你停下!你真美好!"然后它就可以趁此时机,收割他们的灵魂。

"荒芜"的确是淳于宝册症状的底色,可是在接下来的诊断中张炜的判断却出了偏差。正如蛹儿所说,淳于宝册所经受的并不是一种病症,而是一种迷失(张炜,2018:79)。"我千辛万苦九死一生才走到今天,再往哪里走啊?"(张炜,2018:226)走在时代前沿的弄潮儿们有自己的苦恼,他们丧失了跟随大众随波逐流的便利和向走在前面的人请教的权利!没人能帮淳于宝册回答这样的问题,他于是只好整夜自问自答,做生命经验的自我审视[2]。同样的问题,也没人能帮主动放弃了历史经验的张炜回答,他只好举《艾约堡秘史》30年的酝酿之力,以透视历史的惯性思考身体力行地来做当下时代的历史盘点。荒芜的侵蚀无处不在,可能也正是一定程度上的同病相怜,造成了张炜的误诊,将淳于宝册烧心灼肺的"荒热病"误诊成了一种"荒凉病",于是本应"冷敷"的症状越治越严重,"差一点要了淳于宝册的命"。

荒凉作为对手,的确随时准备着吞噬淳于宝册,但是寄居他体内、时刻困扰他的是一种饱含温度的"燥病"!这样的诊断本非难事。首先,淳于宝册身上上演的寄生与反寄生之战旷日持久。在蛹儿看来:

> 这个男人的病状之严重,可以说闻所未闻。此病来势汹汹,无从疗救,连最好的医生都望而生畏,既找不到准确的病因,也难以根除。(张炜,2018:48)

但淳于宝册自己对这种病却有清醒的认识,他从不认为自己在荒凉面前无事可做,他只是在寻找最有力的方式来释放自己生命的余热——太多的力比多寄生在这个即将跨入花甲之年的男人身上。所以当欧驼兰在他生命中骤然出现的时候,

---

[1] 洪汉鼎:《理解的真理——洪汉鼎解读伽达默尔〈真理与方法〉》,济南:山东人民出版社,2001年。
[2] 田振华:《书写急剧变迁的当代现实是长篇小说最重要的使命》,《文艺报》2018年5月25日。

他立刻告诉蛹儿："放心吧，我这会儿已经没有功夫得病了！"（张炜，2018：77）事实也证明，这一年的秋天，疾病"爽约"了。其次，临床症状的复杂性误导了张炜的判断。认知的清醒并没有拯救淳于宝册分裂的人格——他极端仇视荒凉，却常常在刚能靠体内的热力取得一点胜利的时候又不自觉地退缩，甚至助长这种荒凉。他就像一只忘记"垒窝"的寒号鸟一般，安逸地躲在"石缝"里享受白天短暂的阳光："在大楼顶层享受孤独，高兴了就逗逗老肚带，同时于不经意间了解一些集团的情况，下几招要命的指导棋。"（张炜，2018：62）张炜对这种"消极的抗争"深为不满，他先入为主的批判意识削减了自己的判断能力，这在他的叙事方式中有鲜明的体现。张炜所采取的"双线并行"叙事结构，向前与向后的两个维度其实存在一种对应关系，淳于宝册从童年的历练与苦难中积累了抵抗荒凉的智慧和勇气，却在当下的财富积累中滋养了放任荒凉的惰性和怯意。存在感的溃散、青春的流失、情感的缺陷、社会认同的疏离……淳于宝册身上越来越呈现出荒凉扩张的瘢痕，然而他还远没到无药可救、坐以待毙的程度。荒凉在吞噬他的生存空间，却也激发了他的反抗意识、激活了他的生命活力，他要在一场主体守护战中捍卫一个成功者的尊严。一场激烈的精神战争从文本中游离出来，在一个更高的层面昭示出对时代发展的叩问、对时代现状的折射和对整个现代化进程的反思。"荒凉"是社会发展进入资本时代的副产品——对淳于宝册这种身经百战、生命炽热的改革者来说，正是因为荒凉的阻击才未能取得改革的全面胜利，但事实上，他们从未认输。

二、生命的热力

"生命"就是精神战争的"领土"，生存领域的拓展是释放生命热力、抗衡荒凉侵袭的最直接方式。有人说张炜近年来的作品越来越从"道德价值"的质疑转向单纯的"生命意识"的狂欢，显示出精神哲学的弱化[1]。其实"生命意识"并不单纯，相比于道德价值而言，"生命"复杂得多，它包括了人整个的精神。

张炜承认淳于宝册身上有自己的影子，应该说淳于宝册和张炜，在青少年时代，曾历经过相似的磨难。但是正如房福贤所说，这些经历并没有磨灭他们童年的美好印象，反而成为中年以后足以依赖的原生力量[2]。对于非走不可的路，他一定要"走个不停，直到死在路上……"（张炜，2018：315）淳于宝册童年生命的局促催生出的是永不磨灭的空间危机感和窒息感。小石屋、老碾屋、柴草堆……在这些狭小的空间里，洒满了亲人、恩师和淳于宝册自己的鲜血，这些残酷回忆带来的压抑使得生存空间的拓展成为淳于宝册的一种执念，在他成功的路上一再上演着永不知足的"渔夫与金鱼的故事"。从壶里寨到三道岗，从砖窑厂到狸金集团，从渔村到大海、到他最引以为傲的艾约堡，他马不停蹄地拓展着自己的生存领域，这与师陀《无望村的馆主》《果园城记》之中那些活着只是因为懒得去死的真正的"荒凉病"患者们截然相反。但空间又是一种危险的造物，它在巩固征服信念的同时也会滋生对荒凉的恐惧。这种空间带来的恐惧感完全不同于淳于宝册前半生所熟悉的、杂乱的回声所带来的烦躁和压抑，那是一种可以将生命的热力瞬间吞噬的空旷，是一种彻骨的荒凉。所以他痛苦，他丧失了必胜的信念、质疑曾经的信仰。但无论如何，荒凉的是等待被人征服的艾约堡，不是淳于宝册，恰恰相反，正是淳于宝册一身的荒热，给这座冰冷的堡垒平添了一丝人性的温暖。

当然，一个人的热力所征服的领域相比于整个时代的荒凉是那么微不足道，当生命的热力被转瞬之间吞噬一空，即便最高超的智谋也变得无能为力。有人的地方才有风景，没人的地方充其量只能叫做环境。造物之伟力早已受到疯长文明的巨大挑战，环境不断被风景挤压，"荒凉"便悄

---

[1] 陈元峰：《退却的底线——重读张炜小说的思考之一》，《广州广播电视大学学报》2014年第1期。
[2] 房福贤：《阴阳之道——张炜与矫健创作个性比较》，《山东师大学报（社会科学版）》1986年第5期。

悄换了一件"马甲"从室外移居到室内,又从室内妄图入侵堡垒主人的身体。蛹儿感到"堡内安静得就像坟墓,连同昏昏的光色一起,使人想起另一个世界的死寂和永恒。"其实何止是建筑,一些真正的荒凉病异化者早已遍布艾约堡内:

> 艾约堡结构怪异,平时悄无生气,仿佛虚无寂地,然而又有不可揣测的能量隐入其间,在暗处闪烁。蛹儿不愿眼睁睁地看着这座复杂庞大的堡垒腐烂,于是命令加大空气交换机的功率,并对边边角角进行大扫除。然而那些属下们"啊啊哈哈点头离开,仿佛得令而去,事后却什么都没做"。(张炜,2018:50-51)

这些人是荒凉病的真正感染者,她们生命能量干枯,并具有极强的腐蚀性……她们在堡内各辖一方,很快就使一个坚如磐石的堡垒四分五裂(张炜,2018:51)。而此时的淳于宝册,作为这架庞大机器的核心,外冷内热,饱受荒凉与荒热的围攻而自顾不暇。荒凉无形而又坚硬,远不像想象的那样容易压缩。"领土"的沦陷并不能让其俯首称臣,反而给了它可乘之机——淳于宝册过分专注于攻城掠地而虚于内部防守,让艾约堡成为荒凉寄生的绝佳宿主。

越广阔就越荒凉,然而广阔的空间自有它的诱惑,就像海神的召唤一样难以抗拒。淳于宝册在病痛的折磨中找到了比荒凉更可怕的敌人,那就是死亡和虚无,所以他不会停下继续征战的脚步,面对内在的精神困境,他始终保持了为自己做出决定的能力。

> 狸金的一切似乎都由总经理老肚带和手下那一伙人料理。不过如果将整个集团比作一个巨人,怦怦跳动的心脏仍然在艾约堡。这个男人好像一头懒洋洋的睡狮,打盹,流出涎水,不过一旦醒来就会怒吼,山摇地动。(张炜,2018:162)

他已经不再年轻了,剩余的醒来次数不会太多。继续开拓一段黄金海岸,继续掘金?还是转而拓展自己的爱情?淳于宝册说,这是一体两面,是送给自己的巨大的晚景,哪怕为此再次投入一场苦斗,也会令人浑身烧灼(张炜,2018:173)。淳于宝册要在有限的时间里用自己熟悉的战斗方式燃烧自己的生命、向世界证明自己的活力,甚至为时代烧出一条前路。

三、时光的留存

青春的回忆,是用不可复制的生命历程暖化敏感脆弱的荒凉感官,这是张炜笔下的"战士们"惯用的方法。张炜在很多小说中都会塑造一个流浪旷野的阳光少年,以此来烛照黑暗,并抵抗荒凉。这类少年最典型的特征,就是身经忧患和苦难,却能永葆抗争的勇气、行动的能力和善良的动机。诚如罗良金所说,流浪——回归——流浪,是张炜从一开始就指给知识分子的抵达精神理想之路[1]。

张炜在他1983年出版的首部短篇小说集《芦青河告诉我》的后记中就曾经说过:"我厌恶嘈杂、肮脏、黑暗,就抒写宁静、美好、光明;我仇恨龌龊、阴险、卑劣,就赞美纯洁、善良、崇高。"张炜坚持把苦难作为自己小说一个重要的主题并进行诗性化的书写。那些鲜活的生于苦难、长于苦难的人物之中,就时时会出现这样一个奔驰于旷野之外的阳光少年:《古船》里以"退避"抵御残酷,为整个族类忏悔的隋抱朴[2];《九月寓言》中背着"鳌子"踏遍万水千山、梦想在归乡的路上融入野地梦想的金祥[3];《刺猬歌》中像原野上的奔马一样为了野蜜色的温柔一路逃亡的廖麦[4];《独药师》中长期奔走于长生、爱欲、革命的夹缝之中的季

---

[1] 罗良金:《在流浪中寻找精神的家园——论张炜的小说》,《贵州文史丛刊》2006年第3期。
[2] 张炜:《古船》,北京:人民文学出版社,1987年。
[3] 张炜:《九月寓言》,北京:人民文学出版社,2005年。
[4] 张炜:《刺猬歌》,北京:人民文学出版社,2007年。

昨非[1]……他们共同具有荒热者的特质——蓬勃的青春色彩足以感染苦难的尘世，以生命的寓言稀释浓重的荒凉底色。荒野是自然的象征，而"大自然"在张炜那里向来具有特殊的意义，因为他认为只有接受自然教化、与自然和谐相处，人才能有智慧，才能不自私，才能不被异化、不得现代病。

《艾约堡秘史》也是一样，在对淳于宝册前半生的描述中，张炜毫无心思去阐述他诱人的发家史，却浓墨重彩地刻画他童年的苦难。这种苦难的书写无论含有多少血腥的成分，仍然笼罩着浓浓的诗意，让这个奔驰在旷野中的阳光少年始终洋溢着青春的热血。而在当下的描述中，张炜更是完全放弃了极具读者市场潜力的奢靡物质生活描写，专注于书写淳于宝册与"荒凉"的精神之战。为了维护这道奇异的景观，为了完成一个深刻的隐喻，张炜不惜给人一种"苦难的时候只有苦难、富裕的时候也只有荒凉"的极端错觉。这其中隐含了一个坚韧民族的价值观：从绝望中催生不乏希冀的人性基调，从冬的寒冷中感受春的炽热，从残酷的低徊中体味平凡的昂扬。当这一切都从一个流浪少年稚拙的目光和清亮的歌喉中传递出来，我们看到的，是一个在寒冷大地的历史背景上奔走于苦难高原的金色精灵[2]。这样一个生命之中蕴满温热的人，哪里能轻易感染荒凉？

然而，当艾约堡的大门紧闭、旷野被阻挡在高墙之外，当阳光坠落、暗夜袭来，时光仿佛也成为荒凉的帮凶：阳光少年不见了，连60岁也变得难以坚守，一盏茶的时间就能把一个不到六十岁的老战士折磨成一位八十多岁的老人[3]。我们终于看清，时光无论在你身强体壮的时候曾经多么可靠，都不是一位可以永远信赖的战友！所谓对荒凉的阻绝，不过是青春的"镜像残留"带给我们的视觉假象。荒凉，还在！

四、情感的温度

在张炜那里，"爱情的追求"是用张扬生命本能的"原始情感力量"美化物欲之壑的荒凉形态。在情感方面，淳于宝册不惮于付出，只是他希望这种付出所取得的收获必须充足且快速见效，能够让他不至于永久地付出下去，他的时光不多了，他需要在有生之年剩余足够的时间和精力去安享自己的所得。

在经历过近六十年风雨沧桑之后，唯有两性间的相吸相斥仍旧让他感到费解与好奇。他甚至认为人世间的一切奇迹，说到底都由男女间这一对不测的关系转化而来，也因此而显得深奥无比。有些家事国事乍一看远离了儿女情愫，实则内部还是曲折地联系在一起，不过是某种特殊的转移和反射而已。淳于宝册认为狸金全部的、最高的奥秘都可归结于此，即人与人之间不可思议的吸引力和征服力，是某种难言的魅力作用；而其中真正复杂的，尤其表现于两性之间。他以自身为例暗自求证多次，最后认定从年轻时初识老政委的那一刻，一切也就确定下来；这几十年从狸金到个人的所有结局，都是由那个发端一点点衍生出来的，往后的走向也必定与之有关。天地间有一种阴阳转换的伟大定力，它首先是从男女情事上体现出来的。（张炜，2018：167）

富裕者荒芜的心田跟不毛之地有质的区别，他们真正的痛苦不是一无所获，而是所得非所求，决定他们内心荒芜程度的，不是得到了多少，而是想得而不可得的东西还有多少。淳于宝册看不起实业家跟作家是因为他自认为在这两个方面居于顶峰，这正如他欣羡那些一无所有却可以轻易搞定女人的"情种"是因为自己在爱情方面深深地感到自卑一样（张炜，2018：80-81）。年近六十的他深知爱情的路上暗藏陷阱，却又自愿踏入其中，似乎事业的推进已经不足以彰显他高贵生命的价值，失足陷落过程中震天动地的挣扎与

---

[1] 张炜：《独药师》，北京：人民文学出版社，2016年。
[2] 龚曙光：《诗性的蓄聚与迸发》，文艺报2018年4月23日。
[3] 张炜：《艾约堡秘史》，长沙：湖南文艺出版社，2018年，第53页。

最终的成功"逃脱"才足以宣召作为一个"巨人"无与伦比的自信与能力："人哪，没有爱情什么也办不成，有了爱情麻烦也就来了。老天爷捉弄人的最好办法就是让他去爱，然后看他昏头昏脑打转。"（张炜，2018：242）淳于宝册不怕打转，也不怕被老天爷看，但他拒绝向荒凉投降，如果老天爷注定要站在荒凉的一边，他便随时准备着殊死一搏！为此，他似乎将"情"、"欲"、"被爱"统统划作爱的对立面，绝对不允许彼此取代。他终生感念老政委跟他的"战友之情"，也会在受伤的时候安心地享受"被"蛹儿爱的温馨，但这一切都代替不了"爱"的主动追求。在淳于宝册看来，对欧驼兰的追求是他必须要打赢的战争，哪怕很可能"是痴心妄想，已经做不到了……"他也要"让年轻的魂灵重返人间，从头再来一遍！"（张炜，2018：98）

洞若观火的老政委因此永远地离开了他，带着子女去国外定居。这让淳于宝册非常痛苦，他之前几乎所有的成功都离不开老政委，但唯独在真正的爱情上老政委不可能帮他，也帮不了他，因为连她自己也从不曾拥有[1]。淳于宝册必须做出选择，在事业上跟老政委继续高歌猛进，还是在爱情上从零开始，孤军奋战？老政委的离去，只是他矛盾思考的结果，而欧驼兰的出现，才是他爱情行动的开始！《艾约堡秘史》的确将物质与精神、行动与沉思、欲望与爱情、心灵与现实、孤独与荣耀、苦难与成功、诗意与庸俗、过往与当下、记忆与遗忘[2]……交织成一个弥散性的网状结构，多角度、多方面应答了"淳于宝册们"人生道路上面临的诸多困惑。但这其中最为精彩的，对张炜以前的小说最具突破性的，仍是对爱情的书写。在淳于宝册看来，他所拥有过的两个女人，一个掺入了太多的功利与争斗而成为自己的军师，一个掺入了太多的感激与拯救而更像自己的仆人，主动追求过程中"难度的缺失"是他作为一个成功男人所不能允许的。"我老了，狸金的事情真要撒手了。在老天爷留给的一点时间里，我只想好好著书，我还想实打实地研究一门学问，它们都是关于'爱情'的……"（张炜，2018：195）这是在捍卫一个男人主动追求爱的权力，是对一生爱情缺失的不甘，更是抵御"荒凉侵蚀"的重要举措。

其实进一步挖掘就会发现，真正值得生命燃烧的热望不在预期之内，偶然出现的欧驼兰身上携带的，是淳于宝册人生选择中渐行渐远的文化与爱情双向缺失。极端的强烈需求带来的瞬间冲击力远远大于漫天的荒凉！淳于宝册在原始欲望面前的屈服似乎是一种必然。然而生命有茁壮生长的欲望，精神的成长动力往往忽略肉体可承受的强度。以情感抵制荒凉，似乎成为荒凉战胜自我的自动选择，淳于宝册可以放下狸金集团的一切事务不管，从自己打拼过的每一寸土地上悄无声息地撤离，却没能逃脱情感自我补偿的束缚。他给远在"天堂"的李音老师写的那封信，是对这种心曲最深层的展露：

"老师，我从第一眼看到那个姓欧的女子就被闪电击中了，然后再也不能自拔。不是其他，不是那些破烂故事，我保证今生都不再当那种故事里的主角。"（张炜，2018：179）

这道致命的闪电击中了淳于宝册的要害，却也照亮了一条似乎能穿越荒凉的光明大道：他坚信在心动的那一刻，他所发现的爱情哪怕只是一闪即逝的火焰，也似乎足以抗衡全世界的荒凉！于是他心甘情愿地去抓那根救命的稻草，在见到欧驼兰后的一整个秋天里，淳于宝册没有患病，爱永远比被爱更像爱情，就是在爱的追逐里，淳于宝册找到了一种重新激发生命原动的力量，那是一种金钱、权势、地位统统买不来的东西，这种东西逼迫淳于宝册点燃仅存的生命能量、处心积虑、全力以赴……淳于宝册身上交织着创伤性记忆与创造性回忆，其背后是一种强烈的战斗意

---

[1] 王春林：《资本批判与人性忏悔》，《文艺报》2018年4月23日。
[2] 张伯存：《资本时代的忧思与记忆》，《中华读书报》2018年5月16日。

识（张伯存，2018）。在几十年的奋斗生涯中，他积累了无数的战斗经验，惯于用斗争的眼光看待一切。当自己的海神在不经意间出现，他立刻做出了进击的决定，以全部的精力把这种爱情变成了一种博弈——他完全是用战争的手段来应对这场爱情：搜集情报、投其所好、乔装打扮、深入虎穴、声东击西、暗渡陈仓、离间计、连环计……一出出处心积虑策划的好戏目不暇给，却越来越给人一种透骨的悲凉，由于张炜刻意地规避掉了主人公的整个成功史，我们读到的淳于宝册只是成长于可怕的过往、寄生于杂乱的现实、受难于彻骨的荒凉……他所有的成功都只是回忆，这个男人在成为巨富之后似乎从未如此认真地应对一件事，也从未失败得如此之彻底。他就像一个舞台上的杂耍者，在对方面前上蹿下跳、翻滚腾挪、筋疲力尽，却最终都无法进入她的世界。真正的悲哀不是遭受拒绝，而是他所凭恃，所倚仗的自认足以征服对方的战争资源——财富、地位、名声……代表成功男性魅力的一切，在对方看来竟然一文不值！以灵魂的高贵作为伪装的不同世界观让她变成了真正的海神，高卧云端，与他的世界之间形成一道天然的永远无法跨越的绝壁。他在世俗的世界里自信满满地翻云覆雨、涤荡一切时，结局早就注定。

自以为坚实的爱情壁垒在淳于宝册身边围成了三百六十度，荒凉似乎被隔离在外，实际上却一层一层地包裹上来，等到他溃败的那一刻，荒芜之力将会吞噬一切。而这一刻的到来并不遥远，当欧驼兰亲口拒绝，将淳于宝册所倚仗的一切资本弃若敝屣的时候，一切都应验了。他不知道的是，荒热病走了，他同时失去的，是抵御荒凉的力量！

> 也许正是这种罕见的专注使他暂时摆脱了可怕的"荒凉病"，就此而言所有人都要深深地感谢那个小渔村，感谢海草房里的那个女人……有朝一日，当他这种专注再也不能维持下去的一天，疾病就会复发（张炜，2018：265）。

"也许刀剑上沾了爱情的屑末，才能变得格外锋利。"（张炜，2018：180）可惜，荒凉是一种流体，它的愈合能力太过强大，而爱情的毒药麻痹了淳于宝册的手脚，在击败荒凉之前，他先割伤了自己。对爱情的罕见的专注使他暂时摆脱了可怕的荒热病，但当这种专注不能再继续维持下去时，疾病就会复发。

五、战斗的火焰

从战斗中获取快感或痛感以抵消荒凉进击的恶性体验，这同样是张炜给精神疾病患者通用的疗伤方式。吴俊认为《古船》是一部"心灵的痛苦纠缠和自我搏斗的史诗。"[1] 其实在自我心灵搏斗方面，《艾约堡秘史》有过之而无不及。隋抱朴由于外在的历史原因，尚掺杂着很多"肉体"搏斗及"与他人"搏斗的成分，淳于宝册却是在肉体尊享"时代风云"的前提下"递了哎哟"，其与荒凉搏斗之惨烈、与自我搏斗之痛苦可想而知。

"递了哎哟"是解读《艾约堡秘史》绕不过的关键词，有人将这种声音归于绝望、讨饶的声音，有简单化处理的嫌疑。荒凉的痛苦总是难以言说的，按张炜的话说：人在世界上的某些时刻，除了使用诗句简直无法表达。可是淳于宝册偏偏做不成诗人："我这辈子干什么都成：小说家、政论家、企业家、在逃犯、阴谋家，干什么成什么，可就是当不成诗人。"（张炜，2018：254）当不成诗人的淳于宝册，找到了另一种表达世界的方式——战斗！淳于宝册的发家史就是一部斗争史。他不怕斗争，在人性的道路上，他为自己每一点成功的残忍付出代价的同时也保持着本性的良善；在"狗性"的磨练中，他也不输给任何人：这一方面是因为他曾经被太多的"狗"咬过，"老毛猴"们、"钎子"们、矿山竞争者们、艾约堡的"贵客"们……他必须报复，要把自己曾经递出去的"哎哟"全找回来。而另一方面，他从来都不是一个人在战斗，"老妈妈"们、"村头"们、"李音"们，还有"小狗丽"们……有那么多人在

---

[1] 吴俊：《原罪的忏悔 人性的迷狂——〈古船〉人物论》，《当代作家评论》1987年第2期。

他生命的最危急关头给过他温暖,他要报恩,要把他们所有人被迫递出去的哎哟一起讨回来。他在事业上取得了巨大的成功,在翻身的每一个日子里,在狸金成功辗过的每一寸土地上,在他曾经递过哎哟的每一个角落里,他必然收获了别人递来的哎哟,他甚至怀念战斗过程中痛苦的鲜活:"那是拼命和苦斗,淳于宝册身先士卒,有时杀红了眼。那些难忘的场景历历在目,一切是那么惊心动魄,然而却直接痛快……"(张炜,2018:175)他现在真正面临的苦恼,是不知道去哪里咬,不知道下一个该咬谁。

对于现阶段的淳于宝册,"递哎哟"已经演化为一种复杂的体验,快感与痛感相伴!淳于宝册对自己前半生"递了太多的哎哟"保持着一种矛盾的心境。"哎哟"是胜者的宣示,同时也是败者的释放——淳于宝册身上的伤疤数量远多于哎哟本身。当自己的身体和地位已经不允许他通过承担肉体的痛苦来体验哎哟的快感的时候,他一边回忆着自己递给别人的哎哟,一边聆听着别人递给自己的哎哟,以此来抵制荒凉。带着这种对哎哟的渴求和收集欲,他用斗争的眼光看待生活中的一切,处理生活中的一切,而这正是"老政委"送给他不败的"金刚策"。可是当转瞬即逝的快感消散殆尽的时候,荒凉的浓雾又总是迅速聚拢。荒凉与年龄似乎没有固定的关系,但年华的逝去却毫无疑问地加重了淳于宝册的荒凉感,"那些梦全被我赶跑了,但它们待在一边,要跟着秋风围过来,他们有杀气……"(张炜,2018:192)

在无休止的问答辩证中,每个人都在创造一部历史,这样的历史属于自己,却永远无法从中看到自己的影子。张炜说:"我真羡慕那永远的镇静,始终如一的平和与自信,因为只有那样才能在纷乱的生活中显示智慧。"[1]可见张炜并不是喜欢真正的平静,真正的平静没有这么强烈的功用。张炜所喜欢的平静,其实也是一种战斗。对付死气沉沉的时代,需要"热烈"的战斗;对付喧嚣骚动的时代,需要"平静"的战斗。

六、荒芜的底色

《艾约堡秘史》的精神叙事风格中蕴含一种精神的辩证法:悲愤与狂喜,希望与绝望,善良与罪恶,救赎与堕落……[2]主人公在物质时代具有独特的双重身份,他既是王者,又是病人。不但肉体与灵魂被分割在两个完全不同的维度里各自为战,更重要的是,他终其一生所为之奋斗的亲情、爱情、权力、财富,并不能给他带来片刻的安宁,他只能在无穷的忏悔中苦苦支撑饱受"荒凉"侵蚀的沉重身躯。荒凉是有气味、有色彩的,这些荒凉的特质体现在文本的一系列细节之中,而细节不但是小说的血肉,更构成了淳于宝册整个的生命轨迹。"荒凉"毫不悲悯地终止了淳于宝册与世界的沟通:当他身边的所有人不再欺负他的时候,也就不再给他反击这个世界的借口;不再爱护他的时候,也就同时夺走了他回馈世界的动力。他极度缺乏平等的对话,所有人都带着一种或巴结或敷衍或抗争或诅咒的功利与他交往的时候,他只好选择与一头叫做"花君"的小母牛相处。"牛奸犯"的诬陷给他留了满身的伤痕,但这种肉体的伤痛恰恰代表了生命的充盈,花君在艾约堡独享一方净土,那黑白相间的花纹、那混杂着牲口味的"臭臭的乳香",或许正是淳于宝册没有在荒凉面前迅速陷落的救赎之光。

在生命的终点为期不远的时候,淳于宝册并不是不想继续奋斗,只是不得不中止有生之年看不到回报的投资。生命中总是充满了悖论,生活越是光鲜,就有越多的地方可以烛照出满是皱纹的脸。这副伟大肉体,无论征服了多少土地,终将散落在一个一尺见方的小盒子里。而最大的荒凉不是功业的易逝和肉身的速朽,而是所有的倚仗和资本在自己珍视的人看来毫无价值。所以吴沙原反抗"狸金集团",淳于宝册是丝毫不以为意的,他随便抓住那个"被军官拐跑的女人"作为进击的缺口,就可以跟对方周旋。尽管吴沙原正义凛然地站在上帝的视角对狸金集团的"罪恶"

---

[1] 张炜:《你的坚韧和顽强》,《张炜文集》(第27卷),北京:作家出版社,2014年。
[2] 官达:《雕刻时代的心史——评张炜长篇小说〈艾约堡秘史〉》,《中国文艺评论》,2018年第5期。

——指陈，淳于宝册仍然可以进行违心却不失坚定的辩护。然而欧驼兰的决绝却给了他致命的打击，这一切只是因为他在乎她。"我不仅不能帮助你们，还会破坏你们。因为我和许多人一样，把狸金视为了敌人。我们只希望它早些失败、溃败。这是真实的想法，现在只能如实告诉您。"（张炜，2018：306）淳于宝册能够预料、却无法承受这样的结果，但他只有长长的沉默而已，所谓"我会继续把您当成一位民俗学老师，也希望您不要拒绝……"（张炜，2018：307）不过是充满绝望和悲凉的纳降仪式上附加的一丝无聊的自尊而已。

荒凉的症结不在于空旷，而在于荒芜的底色，不在于获取所求的失败，而在于所求之外的附加。既然我们任何人都难弃过往，那么根治荒芜的灵药就不在于无谓的拓展，而在于既有的固守；不在于推倒重建，而在于亡羊补牢，毕竟财富所带来的荒凉远胜于虚无："我和一帮人一起拼死拼活创造了它，而今却无法与它相处。"（张炜，2018：232）狸金就是时代的缩影。淳于宝册累了，可是狸金早已融入他的血液里，无论多么沉重，只能负重而行。他一手创造的财富如今成为荒凉的帮凶，无论他自己还有多少生命可以燃烧，这场战争都已经注定是一场悲剧。在张炜看来，大概荒芜本身早已经成为时代固有的属性，感染到每一个人身上，只是良心和责任不允许自己投降而已。

七、结语

"我仿佛品尝到了胜利的甜蜜，也再次嗅到了一丝血腥。可我生命的底色是仁慈的，有太多爱，也有太多恨。我将为自己任何一点残忍付出代价，自谴至死，最后煎熬在风烛残年里。"（张炜，2018：180）

从早期的"身体好是为了用来写作"到后来的"写作是为了让身体好"，张炜一直把精神的不败当成人存在的证据，他说，只要人存在，文学就不会死（张炜，2014）。推而想之，文学存在，生命就会少一些寒凉吧！其实生命的温度并非不能驱逐寒凉，只是无法彻底根治荒芜而已，根治荒芜需要的不只是温度，还要以完整的生命本身作为代价。在当今的时代谁能否定黄金海岸的梦想呢？在张炜的理想中，"二姑娘"注定要化作海神，向所有的"淳于宝册们"发起召唤：来吧，来大海吧，这里没有荒凉，这里可以治愈一切疾病，因为大海是蓝色，蓝和绿是生命的色彩，是对人有益的颜色！（张炜，2018：258）可是，当海洋只是作为一种开发资源湮没在歇斯底里的时代喧嚣之中时，张炜的精神家园在毁灭的边缘风雨飘摇，也就难怪他无意之中把"荒热"误诊为"荒凉"了。时代仍在延续，我们需要淳于宝册这样的荒热病患者，拼将荒芜，不纳其凉！

心归何处——《艾约堡秘史》中淳于宝册形象

李晓燕[1] (曲阜师范大学传媒学院，日照 276826)

摘要：《艾约堡秘史》是张炜继获得茅盾文学奖之后推出的又一长篇力作，张炜在小说中塑造了淳于宝册这一出生于上世纪50年代历经艰辛逐步发展起来的中国民营企业家形象，从而实现了对一部分先富起来的中国"富豪"发家历史的揭秘，对一位时代弄潮儿的婚姻、爱情生活的探索，对一个现代人心灵成长与精神跋涉历程的追踪，弘扬了不屈的奋斗精神，展现了现代人的心灵困境以及自我反思，凸显了强烈的生命关怀意识，体现了丰厚的中华传统文化底蕴，具有重要的思想艺术价值和现实批判意义。

关键词：《艾约堡秘史》 淳于宝册 精神追寻

作为深受齐鲁文化影响的当代著名作家，出生于1956年的张炜在其40余年的文学创作生涯中倾注了他的热情与才华，他创作的小说充满了理想主义与浪漫情怀，既富有中国古典美学和民间文化的神韵，又呈现出现代性、开放性的特征。从《古船》《柏慧》到《你在高原》《独药师》《艾约堡秘史》，张炜构建起了独具特色的"半岛地域文学空间"，呈现出高远深邃的精神意蕴，他塑造的小说人物以其深刻的思想性与艺术性给读者留下了深刻的印象。这些涵义隽永的小说在国内外屡获大奖，被译为英、法、日、德等多种文字在国外广泛传播，对世界文学的发展产生了积极影响。

《艾约堡秘史》是张炜继获得茅盾文学奖之后推出的又一长篇力作，小说自2018年问世以来获得了国内外读者的广泛好评，并于2019年6月25日获得由京东集团联合北京师范大学国际写作中心共同主办的第三届京东文学奖国内作家作品奖，赢得百万大奖。张炜充分运用了他的生命经验、地域文化、时代资源，在创作中发挥其艺术想象力，塑造了淳于宝册这一出生于20世纪50年代历经艰辛逐步发展起来的中国民营企业家形象。通过塑造这一生动感人的艺术形象，张炜实现了对一部分先富起来的中国"富豪"发家历史的揭秘，对一位时代弄潮儿的婚姻、爱情生活的探索，对一个现代人心灵成长与精神跋涉历程的追踪，具有深刻的思想价值与现实意义。

一、揭秘——富豪是如何"炼"成的

张炜笔下的淳于宝册出生于上世纪50年代，他的成长历程相当曲折艰辛，大体可以从三个阶段进行分析。第一阶段，学龄前时期，是他父母双亡，艰辛求生存的阶段。淳于宝册的父亲在他两岁的时候就因为参加家族械斗而殒命，他的母亲无法继续在家乡立足，就带着他背井离乡，讨要为生。他们四处流浪，终于在老榆沟被一个孤老太太收留，在一个外号"老毛猴"的人相助下终于被许可在此地立足，却不料"老毛猴"对宝册的母亲图谋不轨。母亲不甘受辱，在杀死"老毛猴"之后投井自杀，宝册只能与收留他的老奶奶相依为命。第二阶段，求学时期，是他遇到恩师，努力学习的阶段。淳于宝册后来进入村里的学校读小学，在那儿他遇到了校长李音。在李音的影响下，宝册培养起了对文学艺术的浓厚兴趣。后来老奶奶病逝，宝册怀念奶奶的文章在李音主办的油印刊物《花地》上刊登。淳于宝册后来又

---

[1] 李晓燕，曲阜师范大学传媒学院讲师，博士。

在这所学校读完了初中，初中毕业之后，在当时的年代，由于生活所迫，成绩优异的他却失去了继续升学的机会，后来在李音校长和老贫管的帮助下，他得以在学校的校办工厂就职。第三阶段，踏入社会时期，是他流浪数年，而后成家立业的阶段。在那个特殊的年代，李音远在青岛的父亲因"涉案"入狱，李音失去了校长的职位，刊物被指控，李音被批斗，宝册落入"老毛猴"的儿子钎子手中，被关进一间废弃的碾屋受尽折磨。后来李音交待宝册去青岛看望自己的父亲，尔后自杀。宝册逃离老榆沟，踏上了流浪的征程。他路过三道岗时，被一个老妈妈当作自己的儿子收留，那里的村头也容许他留了下来，他为了完成李音老师的嘱托，一年之后再次出发，他一路历尽艰险磨难，终于见到了老师的父亲李一晋，那时李一晋已经恢复了在科研所的工作。他在一晋伯伯的帮助下到科研所下属工厂做起了技工，这为他后来的创业积累了一些技术经验。

淳于宝册的事业发展经历了创业起步和发展腾飞两个阶段。他的创业起步始自20世纪80年代改革开放初期，三道岗的村头请他回村兴办工业，在一晋伯伯的支持下，他回到村里，从建农机厂开始，又设立了化肥厂、食品厂、建筑公司……企业经营规模逐渐扩大。他事业的发展腾飞源自他始终对童年生活过的老榆沟心有牵挂，他一直怀念母校，想要有所报答。他回到母校，敲开了李音校长原先宿舍的房门，遇到了他后来的妻子杏梅——"老政委"。与"老政委"的相遇，令他的事业发展进入了快车道。淳于宝册将事业的重心迁到了老榆沟，在妻子曾经救助过的"老首长"的帮助支持下，他的企业越做越大，最终成为一家集化工、金矿、房地产等多种经营于一体的"狸金"集团公司，他也成为富甲一方的"狸金"董事长。回顾淳于宝册的成长轨迹，他孤儿出身，初中文化，起点很低。但他凭借自己的勤奋、智慧、勇敢以及贵人相助，硬是打拼出了属于自己的一片天地。"我命由我不由天"，淳于宝册是改革开放之后"一部分先富起来的人"发家致富的典型，他努力谋求改变的上进心成就了他。

在"狸金"集团逐渐发展壮大的过程中，淳于宝册获得了越来越多的财富，拥有了一定的社会地位，但也违背了道义良知。马克思曾说，"资本来到世间，从头到脚，每个毛孔都滴着血和肮脏的东西。"在"狸金"集团的原始资本积累和迅速膨胀扩张阶段，不乏"豪取豪夺"。尽管狸金集团也做慈善、捐款，然而那只是表面，实际上狸金的发展是以牺牲当地的自然和社会环境为代价的，狸金的化工厂污染了周边村子的水、土地和空气，当地许多百姓患癌症死去，在化工厂爆炸、金矿争斗等事件中有多人死伤，狸金兼并了土地，迫使许多农民失去了祖祖辈辈上千年来赖以生存的土地。集团业务的拓展有时伴随着有些人莫名其妙的失踪。所谓"一将功成万骨枯、一人暴富百命殒"，一个富豪的炼成伴随着无数人牺牲了健康和生命，以及当地自然环境的严重破坏，社会公平、正义和良知的丧失。淳于宝册为了生存而奋斗，因奋斗而成功，他的成功却具有深刻的两面性。一方面，"狸金"借改革开放的东风发展起来，为当地提供了就业机会，热心社会慈善公益事业，淳于宝册也成为成功企业家的代表；另一方面，"狸金"却在发展过程中污染了环境，败坏了社会风气，淳于宝册本人也陷入了严重的精神危机。一位富豪的炼成，反映的是社会发展与时代变迁，以及由于一味追求物质发展带来的环境破坏、道义和良知的丧失、精神的贫瘠等等现实困境。

淳于宝册能够获得事业上的成功，与他的生命经历与性格特质是分不开的。艰苦生活的磨砺、生存斗争的残酷、数次生死考验，以及理性的反思，令他拥有了足够的智慧，他一旦认准目标，就会坚持不懈地去努力争取胜利。淳于宝册将自己的住处命名为"艾约堡"，蕴含着多重含义。"递上哎哟"在胶东地区有"求饶、惋惜"的意思，"艾约堡"也在时刻提醒他不要忘记自己艰辛的来处。"那是绝望和痛苦之极的呻吟，只去掉了那个'口'字。这是铭心刻骨的记忆，是无自尊无希望的企求之声。"[1]无论是金矿争夺战，还是

---

[1] 张炜：《艾约堡秘史》，长沙：湖南文艺出版社2018年版，第69页。

兼并海边渔村，都像是一场战斗般的角逐。淳于宝册练就了超强的控制力与忍耐力，他还善于靠学习弥补自身各方面的不足，善于借助外力来发展壮大自己，他肯付出，懂交换，在向外拿的过程中，他会"递上哎哟"。他适应市场规律的变化赢得了更大的资本，同时也由于资本积累而造成的罪恶陷入了良心的谴责。在得失之间，后来他患上了荒凉病。荒凉病一般在秋季发作，他"面色发青、手足抖动，两眼闪着尖利骇人的光，整夜不睡，饮酒或乱嚷。他白天大部分时间都在昏睡，偶尔醒来衣衫不整地出门，呼叫一些陌生的名字……"（张炜，2018：53）他患上这种"荒凉病"，实在是由于他难以平衡自身与内心的良知、自身与社会、自身与天地自然之间的关系。

张炜是一名作家，一位学者，他笔下的淳于宝册，显然有他自己的影子。淳于宝册最初的生命经历，立足于张炜童年生活过的半岛地域，从另一个侧面反映了作者童年以及少年时代经历的坎坷生活。张炜在淳于宝册如何炼成"富豪"的细节方面并未做太多的描绘，更多地运用了"虚化"处理，这一方面是出于小说主题表达的思考，另一方面是由于张炜作为一名作家对于富豪圈的疏离，他并未真正投身于商战，因此他笔下的富豪生活更多地依赖于他的艺术想象以及时代资源。一位富豪的炼成离不开广泛的高层次的社交，对集团的把控亦需要过人的智慧，作家对富豪的发家"秘史"并未做出更深度的"揭秘"。

二、探索——一位时代弄潮儿的爱情生活

弗洛伊德认为，人几乎所有行为的根源都来自于性欲的冲动。事业成功的人往往性能量也超强，他们有着强烈的好奇心，乐于迎接变化，追求新鲜的刺激，将挑战不可能获得的成功作为人生的乐趣，他们时刻面临风险和挑战，因此他们也练就了极强的应变力、超强的忍耐力以及生存竞争的智慧。追求异性的过程充满了不确定性、冒险与刺激感，与赢得事业上成功的感觉相似，征服异性也同样会令他们获得巨大的满足感与成就感，在征服异性的过程中他们也在隐隐地渴望被异性征服。在达成一个目标之后，好奇心往往又会驱使他们继续向未知探索，去追求新的目标……

淳于宝册的爱情生活也同样是跌宕起伏的。《艾约堡秘史》描写了淳于宝册的四段爱情故事：年少青涩时对小狗丽的纯情爱恋、步入社会后在"老政委"杏梅的豪气、坚定强大的气场下臣服，与之相爱并步入婚姻。后来"老政委"远赴英国与小儿子团聚，孤独的淳于宝册对娇媚、智慧又性感的蛹儿发起了热烈的追求，步入晚年之后，他对从北京来的女民俗学家欧驼兰一见钟情、一腔热恋却又求而不得……在生命历程中他交往了多位不同经历、不同性格、不同思想境界的女性，这些女性在他成长的不同阶段启发、引导了他，丰富了他的生命体验，拓展了他的精神视域，也成就了他的爱情、生活与事业。

在对爱情的寻寻觅觅中，淳于宝册一直想要找到"回家"的感觉。在从三道岗到青岛的路上他遇到了小狗丽，小狗丽热心地帮助他，顺道用拖拉机拉他一程，帮助他找到住处，给他好吃的，又送他一程。淳于宝册心怀感激，他曾想过与美丽善良的小狗丽相恋，请她一起回三道岗。可是当他再次寻访小狗丽时，她已经嫁人了。"老政委"曾经给了他一个家，一双儿女，那时候的他自信笃定，后来却因"老政委"的离开而陷入了精神危机。他转而寻找新的精神寄托，对蛹儿有勇有谋地追求，也深深打动了蛹儿的芳心，然而蛹儿只能扮演一个倾听者，一个崇拜者，她无法满足他灵魂的饥渴，也无法帮助他解除精神上的困惑。在求知欲和性欲的双重驱使下，他渴望不断地征服，也希冀新的爱情能够拯救他的精神危机。当他遇见欧驼兰，看到她那双明亮含蓄的双眼时，他似乎找到了多年以来梦寐以求的爱情。

淳于宝册获得了物质的极大满足，世俗的所谓成功，然而他灵魂饥渴，心无所依，他一生都在找寻一份爱，找寻灵魂的居所，精神的高地，心灵的指引。所以当他的狸金集团兼并小渔村时，他会不断遭受良心的谴责。"我将为自己任何一点残忍付出代价，自谴至死……"（张炜，2018：

180)他虽然在欧驼兰以及吴沙原的面前矢口否认他对集团的掌控权,实际上对渔村的兼并正是他蓄谋已久的计划,他想要一片黄金海岸的欲望的实施而已。他步步为营追求欧驼兰,甚至想要欧驼兰做他们集团的文化总监,事实上亦是他意欲满足对女性的征服欲、同时进行集团战略扩张的一个步骤。

欧驼兰是集知识、智慧与性感于一身的现代知识女性形象,淳于宝册费尽心机想要得到欧驼兰的垂青,想要从新的爱情中寻找到一条精神的"回家"之路,他想象欧驼兰站在前边的路口上,一定会帮他。他意欲寻觅人生真正的价值与幸福的密码,他甚至提前踏上欧驼兰考察民俗的海岛制造"偶遇",可谓"用心良苦"。他对欧驼兰说他在梦中梦见欧驼兰就是海神"二姑娘"的化身,然而"道不同不相为谋",欧驼兰早已心有所属。欧驼兰非但不接受他的爱情,而且还希望他的集团败落,她坚定地与村头吴沙原站在一起,她把淳于宝册看作是"敌人"。欧驼兰试图帮助吴沙原保护矶滩角不被"狸金"的资本蚕食,保护古老的民俗不被现代社会的大潮淹没,保护"矶滩角"这最后一方生态"净土"。无奈的淳于宝册只能退回到他的"艾约堡",在蛹儿的关怀体贴中寻求暂时的安慰。这也意味着,他的"荒凉病"还会在下一个秋季来势汹汹。

张炜在对淳于宝册爱情故事的书写中,创作了一个奇特的爱情追逐"生物链"。故事中最先出场的蛹儿是一位温柔、多情、性感、智慧的女子,她是众多凡尘男性追求的对象,甚至曾有一位老教授也倾倒在蛹儿的石榴裙下。而蛹儿心心念念的男子是淳于宝册,在她的心目中,淳于宝册自信、勇敢、善良、坚定,极富阳刚气概,又事业有成,他是蛹儿精神的依赖与崇拜的对象。而淳于宝册在追求到了蛹儿之后,他心目中想要追求的理想爱人却是欧驼兰。而欧驼兰心目中的理想男性却是有着博爱之心与生态保护情怀的村头吴沙原。而吴沙原心头的最爱却是背叛了他爱上别人的小个子前妻。他那娇憨的前妻深深着迷于一位少尉军官,跟着少尉军官私奔上了海岛,后来这位少尉军官在海岛上做了鸟类博物馆的馆长。这位馆长每日与鸟儿相伴,

那种回归天地自然的超脱,是作者的一种精神寄予,那个神奇的海岛,像极了一个世外桃源。在这场爱情的接力赛中,每个人都在追寻,"所谓伊人,在水一方。"难道那得不到的,才是最好的?海岛上的生活在彼岸,距离现实毕竟遥远。吴沙原望向海岛,那里有他最深沉的爱恋与最揪心的痛苦。淳于宝册探访海岛,也只能远远地窥视馆长与小巧女子神仙眷侣般的生活。

"永恒的女性,引领男人飞升"。两性关系是人安身立命非常重要的关系,人需要在两性关系中得到滋养,人的幸福感在很大程度上来自于和谐的两性关系,甚至两性关系也左右着事业的成败兴衰。淳于宝册热爱女性,尊重女性,他的爱情生活无疑是丰富的,也是有缺憾的,他潜心探索,想要从"爱情"中寻求人生幸福与成功的奥秘。他认为:"人与人之间不可思议的吸引力和征服力,是某种难言的魅力作用;而其中真正复杂的,尤其表现于两性之间……从年轻时初识老政委的那一刻,一切也就确定下来;这几十年来从狸金到个人的所有结局,都是由那个发端一点点衍生出来的,往后的走向也必定与之有关。天地间有一种阴阳转换的伟大定力,它首先是从男女情事上体现出来的。"(张炜,2018:167)"我这一辈子也许没干别的,就是建立了一个伟大的集团。不过女人的事把我折磨得死去活来,让我不断地'递了哎哟',可是没有她们就没有伟大的集团。"(张炜,2018:69)张炜描述了淳于宝册的爱情传奇,书写了他的青春之爱、世俗之爱、精神之爱以及彼岸之爱。每一个来到淳于宝册身边的女子,都陪伴了他,启蒙了他,帮助了他,令他深刻体验了青春萌动的激情、俗世的功名利禄、心灵的安慰与惆怅,以及对精神彼岸世界的向往,也令他的人生奋斗之路始终充满了爱的激情。

三、追踪——一个现代人的精神跋涉历程

西方现代哲学家罗素曾经说,支持他一生的三种情感,是"对知识的渴求,对爱情的渴望,对人类苦难的极度同情"。而中国古代的仁人志士则追

求"立德""立功""立言"三不朽的境界，他们渴望能够成为德行高尚的圣贤，建功立业、文章流传千古。现实生活中，每个人的天资不同，境遇不同，能够成圣成贤的人毕竟是少数，一个人活在这个世界上，需要满足他的安全感、刺激感、被爱感、价值感、成长感，需要很好地安顿他的"身、心、灵"。

淳于宝册一直没有放弃过对知识的渴求。他从童年起就热爱阅读和写作，他对艺术有着浓厚的兴趣。在艰辛的生活之余，他稍有积蓄，就会去买书、买本子、买笔。他一方面如饥似渴地阅读，另一方面他拿起笔，不断记录下自己的心路历程。后来，繁忙的工作令他无暇顾及写作，他就聘用了两个秘书随时记下自己的言语，然后找"老楂子"们进行加工，最后就生成了一部部排版精巧的"宝册"，那里记载着他一路跌跌撞撞走来的历史以及他内心的感悟。这些"宝册"也反映了中国传统知识分子对知识的敬畏，对生命价值的追寻，以及对"立言"的渴望。

淳于宝册的生命经历是苦痛的，一方面，他一直在寻求物质的满足，另一方面，他亦在寻找灵魂之"爱"。他在童年时就失去了父母，留下了难以愈合的心灵创伤。他的父亲早亡，他一直在寻找一个精神上的父亲。他的老师李音曾经是他的领路人，李音博学多才，充满爱心，见多识广，曾经做过他心灵上的父亲。可是李音却在那个特殊的年代因无法承受苦难而饮恨自杀。李音自杀前，交待淳于宝册去青岛寻找自己的父亲，也将自己未完成的人生希望交托给了淳于宝册。淳于宝册首先需要生存下来，他曾四处讨要，栖身于草垛，他去"撒羊城"打工挣钱，没有人说话，他就和一头花斑小母牛说话，却被人诬陷与小牛不伦。在那个年代，那些心灵被极度扭曲的人，给他挂上了"牛奸犯"的牌子游街示众，他被批斗、挨揍，被遣到一个水利工地做苦役，后来他曾在看林老人那儿度过了一段时光，但他还是再次走进人群，因为他肩负着老师交给他的使命——到青岛去见老师的父亲，勇敢地探索新的人生。淳于宝册一路历尽艰辛，也经历过数次生死考验，好在他有很高的智商与情商，也遇到了一些好心人救助。他终于找到了李音的父亲，老人把宝册安顿到了科研所下属的工厂工作，他成为一名技工，在那儿学到了技术，后来他回三道岗开始了艰苦的创业，老人又给予了他巨大的支持。李音老师和他的父亲成为支撑淳于宝册精神大厦的根基。

母亲的过早离世，也令淳于宝册内心有着巨大的空洞。多年来他也一直在寻寻觅觅自己精神上的母亲。老榆沟的老奶奶以及三道岗的老妈妈都曾经呵护过他……他回到了老榆沟，在那儿他遇到了"老政委"杏梅，"老政委"曾在特殊的年代拉队伍上磨盘山打游击，她会打双枪，她是个女人却有着男人的豪气。淳于宝册被"老政委"深深吸引和折服，"老政委"的勇敢和坚定鼓舞了他前行的斗志。这个比他大六岁的女老师后来成为了他的妻子，同时也充当了一个保护他、支持帮助他的心灵上的"母亲"角色，她帮助淳于宝册走出至亲至爱之人死亡、自杀留下的心灵阴影，给予了他安全感、刺激感、被爱感、价值感和成长感。她勇猛、果决、有担当，能够帮他"出谋划策"，也能够助他事业发展的一臂之力——她有非常重要的人脉资源——她曾经舍命相救的"老首长"。他们携手一路披荆斩棘，把事业越做越大，狸金集团成为国内知名的民营企业集团。然而"老政委"亦有她的不足，她曾让淳于宝册掏空"三道岗"的企业来发展"老榆沟"的事业，说那原本就是他的，淳于宝册于心不忍，但基本上还是执行了"老政委"的建议。经历过特殊年代的"老政委"显然把生存排在了第一位，她更多地顾及自身的利益，她的德行修为不足，她所缺乏的恰恰正是"对人类苦难的极度同情"。也难怪老中医会对蛹儿说，淳于宝册从他妻子那儿并没有得到多少益处，而温柔善良的蛹儿却是他的"良药"。老中医显然看到了"老政委"的"短板"，以及淳于宝册的"病根"之所在。母亲、老奶奶、"老政委"、蛹儿……他生命中遇到的这些女性成为滋养他精神成长的源泉。

淳于宝册渴望一个家，他的妻子儿女远赴英国和澳洲，也将一部分资产转移到了国外，他们也许永远不会再回来。他孤独地守在艾约堡，他的心灵仿佛被掏空，他失去了存在的价值感和方向感。他在心中一遍遍地追问李音老师"往哪里走"却寻不到答案，他的精神世界开始崩塌。作为一个读书人，他渴望抵达更高的心灵境界。对爱的渴望促使他行动，他追求到了蛹儿，让她做了"艾约堡"的主任，但是他的"荒凉病"却无法根除，他的"身心灵"已经严重失衡。

在那个时候，他渴望能有一位更有智慧与心灵高度的女性来指引他，安慰他，帮助他。直到他遇到了欧驼兰，他重新有了追逐的目标。欧驼兰博学多才，象征着他精神的高地，那是他梦想中的精神栖息之所。他数次来到欧驼兰考查民俗"拉网号子"落脚的矶滩角，他寻找一切办法接近欧驼兰。虽然欧驼兰和吴沙原站在他的反对面反对他，然而他却从他们的身上寻找到了一种牺牲与舍己的"超我"和"大爱"的人格力量，那种力量正是他一路寻觅的。

这个世界是阴阳相生的。人被放逐，被抛在这个复杂多变、善恶共存的世界上，应当何去何从？心灵的归处又在哪里？淳于宝册的生命经历和精神迷惘给每一个现代人敲响了警钟。一个人在满足了最初的安全感，追求到了金钱和权势之后，更需要安放他的灵魂，才能诗意地栖居在大地上。淳于宝册自己所缺失的，他在他的"对手"吴沙原和欧驼兰那儿找到了，他们坚守正义和"良知"，为保护村子的土地免遭狸金"侵吞"，为保住古老文化的根脉而勇敢战斗。回顾中国数千年来的历史发展进程，能够在历史长河中留下印迹，被人们认可和歌颂的是孔子、苏轼、王阳明、周恩来这样舍弃小我，为天地立心，为生民立命的大丈夫。在小说中，欧驼兰、吴沙原成为淳于宝册的参照，他们坚守道德情操，保护世世代代赖以生存的土地家园，自觉传承优秀民间传统文化，体现了作者重建心灵家园，复兴中华传统文化的赤子之心。

在《艾约堡秘史》故事的最后，淳于宝册终于寻访到了拉网号子中所唱的"二姑娘不是个鸟儿"中的二姑娘的故事。在渔村古老的传说中，二姑娘美丽、善良、勇敢，她是保护渔村百姓不受恶霸欺凌的守护神。她出现在淳于宝册的梦中，一溜烟地飞进了淳于宝册为老师的父亲修建的半山别墅里。解梦人告诉淳于宝册说，那是海神"二姑娘"找到了她在人间的居所，接受人间香火供奉的宝地。"二姑娘"在小说中成为一个象征。在中国传统的民间信仰中，老百姓相信"积善之家、必有余庆""举头三尺有神明"，人如果做了恶事，那是会遭报应的。张炜曾这样说："人在私下里的道德追问、反省和自谴，有时也是自我宽恕的一种方式：这样一来就可以与未知的什么达成谅解。他的疑问和费解基本上是不成立的，因为他完全清楚自己做了什么，抵达了怎样的罪境，知道悔之已晚。恶的积累不是一朝一夕完成的，所以自我追究总是显得做作。对他来说，问题的症结不是寻求一个正确的答案，而是有没有决心重做新人，真的改弦易辙。"[1]将半山别墅奉献给海神"二姑娘"，这位企业家淳于宝册不仅需要再次"递上哎哟"，更需要真心忏悔，痛下决心，重做新人。

四、心归何处——淳于宝册形象的思想艺术价值

改革开放40多年来，中国社会飞速发展。中国当代作家紧跟时代大潮，书写时代变迁。在中国现当代文学史上，出现了一系列改革开放弄潮儿形象，如《乔厂长上任记》中的乔光朴、《人生》中的高加林、《大江东去》中的宋运辉、雷东宝、杨巡等，这些时代弄潮儿形象，反映了时代历史变迁，展现了复杂多变的现实生活，呈现出个性化、成长性、多元性和丰富性的特征。张炜笔下的淳于宝册，正是改革开放40多年中国民营企业家形象的代表人物。在《艾约堡秘史》中，张炜立足现实，运用了通俗化的语言、多重叙事视角以及叙事时空的转换，塑造了挣扎在矛盾苦痛中的中国当代富豪淳于宝册这一艺术形象。淳于宝册以一个矛盾、自省的中国新时代富豪形象

---

[1] 张炜、王雪瑛：《宝册是当代文学史中的"新人类"？——关于长篇小说〈艾约堡秘史〉的对话》，《文艺争鸣》2019年第1期，第178页。

出现在读者面前，从侧面展现了中国当代作家的精神探寻之路。从路遥《人生》中的高加林，到莫言《蛙》中的蝌蚪，再到《艾约堡秘史》中的淳于宝册，这些人物皆饱含着作者的生命感悟乃至人生血泪，无论这些故事的主角通过自己的奋斗获得了多少外在的功名利禄，他们依然挣扎在内心的矛盾煎熬中，苦苦寻觅——心归何处？反映了作家对时代问题的深度思考，揭示了人类苦痛的生存现实以及心灵的困境迷途。

当今社会，随着中国经济实力大幅度增长，科技发展日新月异，人民的生活水平有了很大提高，但是一味地追求经济快速发展带来了环境恶化、心灵荒芜、传统文化遗失等等一系列问题，这些问题亦是经济全球化时代人类共同面对的难题。北宋大儒张载曾说，"为天地立心、为生民立命，为往圣继绝学，为万世开太平"。张炜以小说向时代发声，发出了一个当代中国知识分子的呼声：作为改革开放之后成长起来的新一代富豪，淳于宝册们能做的，难道仅仅是追求无尽的集团利益以及追逐异性、沉在荒凉病中生不如死吗？如何重建信仰根基？如何重塑心灵大厦？如何直面企业发展的困境？如何处理个人命运、企业命运与民族、人类的未来前途和命运的关系？如何保护我们赖以生存的生态环境？如何保护与传承优秀的传统文化？在追求经济利益的同时，如何兼顾公平与道义？张炜以文学的手法描摹现代社会的世道人心，揭示现代人的生存困境，呼唤失去的本心，彰显了中国当代文学关注时代变迁、反思社会问题、呼吁谋求改变的重要价值。

中华古老的易经文化讲"亢龙有悔"，淳于宝册在繁华极盛之时，遭遇到了严重的精神危机。他试图兼并更多的土地，试图追逐新的爱情，却依旧无法妥当地安放自己的心灵。拥有金钱和权势并不能让心灵得到真正的满足。人所拥有的财富一旦超出了自己的所需，那就是"代为管理"而已。他追求爱情，实际上他寻求的是精神的指引，心的归途。在那些无眠的黑夜，淳于宝册的徘徊、反思与追寻，亦彰显了一个知识分子企业家的人文情怀，展现了强大的思想艺术魅力。张炜这样说："其实守住一些古老而恒定的常理和常识更为重要，也更需要勇气……商业主义和物质主义者对精神的恪守是不屑一顾的，由此造成的巨大灾难却有目共睹……诚实、勤恳、清洁、勇敢、正直，这些词所包含的内容，仍旧值得坚持和追求。"（张炜、王雪瑛，2019：179）

中华文化"儒道互补"，提倡的是"浩然正气""穷则独善其身、达则兼济天下""功成身退"。儒家选择积极进取，道家选择向自然归隐。淳于宝册有他作为奋进者的狸金集团顶楼的办公场所，也有他退守的"艾约堡"。管理一个巨大的企业集团，意味着肩负更大的社会责任。作为团队的领袖，需要有极高的道德修为。常言道："德不配位，必生祸端。"要做到德配其位，既需要有"铁肩担道义"的勇气和决心，更需要有"达则兼济天下"的胸怀与智慧。"狸金"集团发展所造成的不公平非正义需要得以匡正，污染的环境需要被治理，无数的受害者需要老有所养、病有所医。只有直面这些问题，加以妥善解决，才能称得上是一位襟怀坦荡，无愧于天地良心的现代企业领导者。淳于宝册的生命反思与追问，也启迪那部分先富起来的人更好地提升自己的道德境界，启迪现实生活中的人们深入反思、正确处理人与自身、人与社会、人与自然之间的关系，凸显了重要的时代价值和现实意义。

真正的文学经典是能够经得起历史考验的。京东文学奖的评委之一，首位获得诺贝尔文学奖的中国籍作家莫言这样评价《艾约堡秘史》故事的主角："许许多多小说里边都有民营企业家的形象，但张炜在《艾约堡秘史》中描写的企业家与众不同。他不是那种粗俗的、拜金的、野蛮的企业家，而是有学问的，甚至是一个前文青，会不断地反思历史、反思自我。小说营造了童话世界一般的艾约堡，也营造了世外桃源一般的小村庄，体现了张炜的人文激情。"[1]张炜把握时代脉

---

[1] 第三届京东文学奖揭晓，张炜《艾约堡秘史》获国内作家作品奖，http://www.360kuai.com/pc/91515047c0d965819?cota=3&kuai_so=1&sign=360_7bc3b157&refer_scene=so_55。

博，通过小说《艾约堡秘史》塑造了淳于宝册这一经典艺术形象，生动展现了改革开放40多年来的历史变迁，揭秘了一个当代企业家的生命经历、情感世界以及心灵探寻之路，弘扬了不屈的奋斗精神，展现了现代人的心灵困境以及自我反思，凸显了强烈的生命关怀意识，体现了丰厚的中华传统文化底蕴，具有重要的思想艺术价值和现实批判意义。

现代与传统之间的精神探寻——张炜小说的人物塑造与人类学语境

王雪瑛[1] （上海报业集团，上海 200041）

© 2021　比较文学与跨文化研究，79–84 页

摘要：全球化时代的个人如何在现代与传统之间，构建自己的精神高地？本文以张炜的长篇小说《艾约堡秘史》《独药师》等作品为例，分析在小说的情节发展和人物塑造中，如何深入人物的内心世界，叙写人物的心灵史，在审视动荡的历史，直面复杂的现实的过程中，追踪人物的精神历险，呈现着个人与时代的深刻联系，体现着张炜真实的价值取向、思考深度和艺术创造力，也体现着中国当代作家的问题意识、思想资源以及文学追踪现实的能力。论文还从人物塑造和人类学语境中，分析张炜小说的思想内涵和艺术韵致，呈现张炜小说诗性的审美意境。

关键词：心灵史　人物塑造　直面现实　现代性　人类学语境

从 1986 年出版长篇小说《古船》，成为新时期文学的长篇经典，到 2018 年首发长篇新作《艾约堡秘史》，张炜以多种文体的创作参与了中国当代文学发展与建构的过程，展开了宏阔的文学场域，构成了丰富的地形地貌。在 40 年的创作历程中，他审视历史，直面现实，完成了 21 部长篇小说，呈现了当代文学中富有生命力的文本。研究张炜的长篇小说创作和人物塑造，对研究中国当代文学有着重要的意义。

如果说呈现历史深入现实的丰厚长卷，对长篇小说的写作有着一种吸引力，那么人物塑造影响着长篇小说整个创作过程，成功的长篇小说离不开内涵深刻、有生命力的人物。评论家钱谷融先生十分看重文学经典中的人物，他说，"一部世界文学的历史，也就是一部生动的、各种各样的人物的生活史、成长史。这些人物形象身上，都个个打着他们所生活的那个时代和社会的印记。"

在呈现史诗气质的长篇巨制《你在高原》之后，张炜回望着故乡风云激荡的历史，2016年他完成了由传统社会向现代社会转型的《独药师》；2018年他抵达了当下生活最前沿，呈现了回应当代生活中重要命题的《艾约堡秘史》。本文以张炜最近的两部长篇小说《独药师》和《艾约堡秘史》为例，分析张炜长篇小说中的人物塑造。张炜从历史到当下的回溯与审视中，从人物的精神成长与时代风云的关系中，从作家对人性与心灵的认识与探究中塑造人物。他塑造的人物形象体现着个人与时代的深刻联系：人物的内心声音和现实姿态，聚焦着时代的现实问题，这是张炜对人性与时代的精神命题展开的有力追问。

在完成了 450 万字恢宏长卷《你在高原》，给中国当代文学留下了一代人的心灵史之后，张炜将如何"翻越高原"？

2016 年《独药师》闪烁着神奇的光泽出现在中国文坛，这是一个故事性和传奇性交织的文本，

---

[1] 王雪瑛，上海报业集团高级编辑。

这是张炜具有突破意义的转型之作。《独药师》回到故乡的历史，展开了一个养生世家在历史的转折点上的抉择和命运。小说主线是心灵的叙事，小说主人公季府主人、"独药师"第六代传人季昨非的心路历程，副线是宏阔的叙事，山东半岛近代历史的演绎，苍茫动荡的历史就在他的生命中穿越而过，他的人生就经历着这样惊心动魄的历史。

19世纪末至20世纪初，中国正经历"数千年来未有之变局"。基督教登陆东部半岛，教会学校及西医院初步兴起。半岛地区首富和养生世家的季府面临空前挑战。与此同时，季府与北方革命党统领关系密切，季府又处于革命的风口浪尖上，两代人都面临着重大的考验和选择。

季昨非的父亲"晚年被难以破解的矛盾缠住，一方面认为这个动乱之期最值得做的就是养生，另一方面又一步步靠近革命"，兄长徐竟则认为拯救世道的唯一良药即"革命"，他有着坚定的信仰，为了革命的成功，一往无前牺牲了自己的生命；而季昨非则面临着养生传人的使命与个人内在需求的冲突。

小说内蕴丰富，将宏阔的历史层面和深邃的个体层面的问题交融在人物的塑造中。历史面临的困局：如何推动时代的变革，社会的进步与鲜血的代价，徐竟的武装革命不惜牺牲与王保鹤的倡导新学不以暴力抗恶；个体面临的考验：如何面对长生与革命，家族传统养生的传承与个人生命自由的选择，爱的追寻与爱的维护等重大问题……这是一部风云激荡的革命传奇，一部源远流长的养生秘史，还是一部深入生命的爱情悲喜剧，构成了小说丰富的容量，人物曲折的心路，也生成了小说的故事性、可读性与思想性的融合。

相对张炜的其他小说，故事性与可读性是《独药师》的亮点，但张炜对小说的审美有着深刻的自觉意识，他说，"强化了故事性，又远离通俗的书写，这比较难。好的故事是所有写作者的追求，不过这追求中暗含了陷阱，即不自觉地省略更重要的诗性元素。我既要小心翼翼地绕过一个个陷阱，又不能让步履太过拘谨。这都是写作中需要克服的矛盾。"可见他对小说的内蕴有着更深入的认识和追求，他精心布局了小说风起云涌的情节起伏，人物悲喜交加的生命体验，探寻着一个重大的历史主题——现代性。

牙疼，疼痛难忍的牙疼，成为打破季昨非闭关生活的第一枪，持续的疼痛让他离开闭关一年又八十九天的阁楼，他终于走出家门，走出了自我囚禁，走向了西医院，走向了东西方交流的现场，走向了传统和现代的对话。

季昨非和传统的养生家都认为那所西医院，麒麟医院，才是他们的共同对手，这个世界他的父亲只踏入半步又撤回，因为不能容忍与季府恪守的理念相冲突的一切。而季昨非因为十个昼夜的难忍牙痛，终于走进了这家他憎恨的西医院，而他却从这个宿敌身上发现了一个奇异的世界，他的人生分为两部分，分界线就是麒麟医院的大门。

西医院的大夫很快治好了他的牙病，但他又陷入了一场深入生命而又旷日持久的疾病——爱情，他爱上了西医丽人陶文贝，深不可测的爱力让他进入了漫长而辛苦的追爱过程，他和陶文贝之间有着巨大的深堑。他是东方半岛养生世家的传人，她是西方教会医院培养的有着独立精神的西医丽人，一个是传统的东方，一个是现代的西方，她明确地拒绝了他的追求，他处于无望的思念和热烈的追求的交替中，他和她咫尺天涯，他们之间的鸿沟如何跨越？

张炜以深入的心理描写和细腻的层次展开着他们的爱情：他写长信向她告白自己以往的人生经历，他为了她的尊严，凛然替人承担杀人重责，冒着生命危险入狱；他终于获得了陶文贝的信任和爱情。他为了珍惜和维护真爱，放下了养生世家的季府主人、"独药师"第六代传人的身份，只身去燕京，追随自己的真爱。

爱情不是占有，而是吸引，不是俯视，而是平等，不是浅层的了解，而是深入的交流，是完全的信任，是深入彼此的生命，是充分的释放自我。在小说中，爱情也是张炜审视人的现代性的重要主题，动荡的时局，个人的情感，家族的责任，革命的浪潮此起彼伏地冲击着考验着主人公季昨非，如何获得西医丽人的真爱和信任，如何面对兄长至亲的生死决别，如何处理养生前辈的彼此隔阂，这些都是季昨非要面对的人生课题，是他生命中的重大情节，无论是养生家寻求长生的丹丸，革命党人视死如归的凛然；还是刻骨铭心的爱情，都逃不过这样的追问：在历史大潮的荡涤中，我是谁？我应该坚守什么，我的生命意义在哪里？

现代性，就是以这样一种拷问的方式进入他的生命，东西方的交流和碰撞以这样一种无法抗拒的方式进入了他的人生。无论是现代性、东西方的交流都不是外在于他生命的，而是与他的生命息息相关，与他的人生紧密相连。

现代性、现代社会并不是创世纪的辉煌，东西方的交流也不是治疗疾病那么简单，而是让他的人生在一个更加开阔的层面上遭遇着种种考验，渴望与失落，忧伤与喜悦，甚至是生与死的考验。现代性改变了他人生固定的模式，他遭遇着一个个激流险滩，生成着百年时代风云激荡中的丰富体验。

《独药师》不仅揭开了半岛地区的养生秘史，还有对身体心理的精微分析，不仅展开对追求爱情的万般滋味和曲折过程的书写，还有对革命的惊心动魄和舍生取义的描写，小说在情节展开中，散落着象征和隐喻，蕴含着张炜对生命哲学的形而上的探索：仁善是长生的基础，是养生术的根源。爱就是生命，乱世之爱尤其如此。

小说以虚实相交的方式回溯风起云涌的20世纪初的半岛历史，张炜在历史叙事上有着独特的处理，如何贴近真实历史的心跳，如何获得小说虚构的魅力？他选择了主人公的心灵史，小说的主体部分共15章，深入展开历史中对主人公产生重大影响的局部；旁人的见证史，小说的附录，管家手记，梳理出相对完整的历史事件，让主体和旁观，局部和整体相互对照和印证，更立体地呈现宏阔的历史大潮中的个体命运，更艺术地诠释了人与社会、人与革命、人与爱情的重大命题。

三

在传统社会向现代社会转型的历史进程中，现实与历史的惊涛拍岸，个人与时代的命运转折，传奇神秘的养生，生死考验的革命等复杂的情节演绎，激烈的矛盾冲突中都纠缠着叩问着一个命题——现代性。现代性不仅仅生存于宏阔的时代大潮中，同样深入个体的生命体验和心路历程。而文学就是应该发现和描述历史转型期现代性的冲突中丰富的人性。

站在21世纪的地平线上，我们今天仍处于中国现代化进程的延长线上，我们处于城市化的进程中，历史的转型是现实之岸的真实，当现代商业、城市化强化着理性、效率、利润、模式的时候，文学是不是应该保持对自然、诗意、审美、个性的向往？以文学的方式追问现代性，追问我们的价值取向，我们直面当下物质丰富、资讯过剩的时代，我们重新审视，探究这些命题是为了探寻心灵的皈依，构建精神的家园，这也是当代人类学的课题。

张炜以30年的思索和酝酿完成的《艾约堡秘史》进入当下社会生活的敏感区，直面经济发展与自然保护、资本扩张与人性迷失、巨富阶层的心灵历程等重要问题。

置身于中国当代文学现场的评论家李敬泽认为，《艾约堡秘史》是站在一个高度上，对我们这个时代的精神状况等重大的、核心的、根本问题做了有力表达的作品。他说："我是非常佩服张炜的，他依然有力气、有少年般的冒险精神去面对庞大的现实。"[1]

面对当下现实题材的创作，特别考验作家对现实的认识能力、文学的呈现能力，雄心和勇气可以让作家开启写作的旅程，而只有独特的路径、个人的方式才能通往文学的高原。张炜在《艾约堡秘史》的首发式上表示，"当下有几个表述是很危险的。其中之一是企业家。说到企业家，大家心里都会出现影视和小说中的形象，已经概念化了，所以把当代的企业家写成真正的不是概念化的企业家很难。"[2] 长篇小说的人物塑造至关重要，人物的生命力也是小说的生命力。

《艾约堡秘史》主人公淳于宝册从小失去双

---

[1] 《艾约堡秘史》："对当下生活的文学强攻，对时代命题的诗性回答"，《潇湘晨报》，2018年1月13日。
[2] 同上。

亲，早年饱尝贫穷和欺凌，他历经磨难和艰辛后，成为财力雄厚的狸金集团的董事长，成功的私营企业家。张炜在小说中塑造这个人物，不是展现商业上的成功学，而是在人物身上集中了这个时代的问题和困境，在获得充分享受物质的自由后，在可以影响资本的运作，决策庞大企业的发展之后；在可以改变许多人的生活环境、生活方式之后，如何面对真实的自我？如何获得真正的自我实现？如何构建心灵的家园？发展与保护，财富与良知，欲望与情感，这不仅仅是属于个人的问题，也是时代的问题。他在回望中审视，在反思中忏悔，在行动中选择。

他的世界曾经很小，他的世界现在很大。小说呈现他头上的光环，直击他内心的苍凉。他可以用资本布局他的现实生活，他可以在狸金集团呼风唤雨，充分实现自己的意志，但是他依然感到黑夜的漫长，分明承受着自我分裂的疼痛。

张炜在描写人物行动世界的同时，特别细致地深入人物的内心世界，注重呈现淳于宝册萦绕心间的种种思绪。他是一个审视自我的人，一个不断与自己对话的人，一个时常整理记忆的人。特别在午夜无眠中，那些从过去到现在前前后后岁月中的经历变成了以共时态的方式游荡在他的心里，在他的喃喃自语中复活着。

淳于宝册是小说情节的轴心，不同的人物围绕着他形成深入历史与现实土壤的根系。他重回中学校园时，相遇的"老政委"意味着他的过去，伴随着他人生中的锤炼和成长，从怯懦到自信，从贫困到巨富，他们同心协力打造了狸金集团；艾约堡主任蛹儿和那些部下是他的现实，是艾约堡生活的温度，是狸金运转的常态；民俗学家欧驼兰是吸引着他的诗意与理想，是他重新选择的动力之源；矶滩角的村长吴沙原是狸金获得海湾沙岸的阻碍，也是他反思自我的重要参照；中学校长李音是他贫困无助的少年时代爱与美的光芒；让他从小养成了阅读与写作的习惯，让他在暴富之后没有彻底沉沦，在内心的荒凉与挣扎中，始终有着自我审视的能力，追求爱情的勇气，自我救赎的可能。

小说不仅展开了旁人对淳于宝册的评价有鲜明对立的两面，他的言行有分裂的两面，他对部下说："我们狸金没有敌人，只有伙伴，讲的是双赢，只要有一方输了，这种合作就谈不上成功，也没有胜者。"[1]他又对部下面授机宜，把旁边两个村子的事情先办，不要再拖，明天就开始。这样矶滩角夹在中间，成为海上的孤岛。小说还揭示了他内心的两种声音：一种连着他的过去，一种向着他的未来，一种是资本追逐利益的本性，一种是内心渴望情感的慰藉，狸金要获得黄金海岸矶滩角；他要追求民俗学家欧驼兰的情感。因为都不想放弃，他的内心常常是这两种声音或隐或显的交战，淳于宝册处于一个矛盾的，动态的发展过程中，他的未来之路有着不同的可能性，形成这个人物的深度与力度，形成整部小说情节的张力，吸引着读者不断深入探究人物的内心：他的善与恶，他的矛盾与挣扎，他的痛苦与自省，他的选择与追求，他的自我审视和自我忏悔，他的自我怀疑和自我救赎，他的精神经历波澜起伏的过程。

在小说的首发式上，张炜曾表明塑造此类人物时的困难，"说到企业家，大家心里都会出现在影视、小说中塑造的形象，已经概念化了，所以把当代的企业家写成真正的不是概念化的企业家很难。"[2]

对困境的自觉推动着作家以深入的笔触叙写人物的独特，淳于宝册也不仅仅是一个巨富，不是一个概念化的企业家，而是张炜笔下独特的这一个，他既是一个读者可以对话的鲜活人物，连接着当下现实生活，他又是一个超越于真实人物的文学形象，是当代文学人物群落中的"新人类"。他起伏的人生，他内心的冲突，他面临的选择，吸引着读者的阅读和理解，与人物对话的过程也是当代读者思索、审视自我和时代的过程。

小说是在对人物心灵的深入探寻与呈现中抵达了时代的深处；小说也是在与当代阅读者的直接对话中抵达了当下生活的最前沿。淳于宝册的

---

[1] 张炜：《艾约堡秘史》，湖南文艺出版社，113页。
[2]《艾约堡秘史》："对当下生活的文学强攻，对时代命题的诗性回答"，《潇湘晨报》，2018年1月13日。

心灵成长史承载着现代中国城市化转型过程中深厚的历史内涵与重要的时代命题，他内心的丰富、复杂和矛盾映照出现实的复杂和矛盾，呈现了张炜对时代命题的思考和回应，即使金钱是一种坚挺的力量，资本并不是所向无敌，尊严并不是荡然无存，真爱并不是海市蜃楼。良知和正义有着恒久的价值和意义；没有污染的自然，没有功利的真爱，是滋养和安稳身心的家园。

小说的情节中涌动着大海的潮汐，大海不仅是人物活动的场景，也是生命的摇篮，是人类生活永恒的审视者。在海边，欧驼兰对淳于宝册说，"任何一个人，比起矶滩角这样一座历史悠久的渔村，都是十分渺小和短暂的。我们很小，很短暂，海和沙岸很大，它们对我们意味着永恒。"

淳于宝册请欧驼兰相信："为了您能在这样的渔村，自己喜欢的地方安静地工作，我也会倾尽全力，我现在可以向您做出保证，请您相信我今夜的话。"[1]

淳于宝册会信守承诺吗？他是听从资本强大的声音，还是依恋内心情感的声音？古老的渔村是鲜活地呼吸在当代人的生活中，还是静静地安睡在博物馆的日夜里？如同人生是一次不可逆的旅程，我们做出的选择也是不可逆的，一旦古老的渔村在推土机的隆隆声中消失，就不可能在拉网号子中重新复活，我们的选择不仅改变着我们的现在，还影响着我们的未来……

人类学家格尔兹说：解释人类学的根本使命并不是回答我们那些最深刻的问题，而是使我们得以接近别人，从而完善人类社会的整体图景。《艾约堡秘史》的文学场域和思想内涵涉及民俗文化与人类学的语境，小说的人物塑造，情节展开，记录着现代化进程中的世相百态，呈现着时代发展中当代人的内心世界和精神探求：全球化时代的个人如何在现代与传统之间，构建自己的精神家园；在现代家园中如何保持着传统的温度，自然的净化；在我们的日常生活中，如何延续着文化的血脉，人与人更亲近的沟通？家园，在心灵中，也在大地上；家园，栖息着我们的身与心。

四

《艾约堡秘史》与当下现实深入而广泛的联系，不仅来自于小说题材的直击当下生活，更在于张炜没有概念化的演绎，没有进行简单的道德审判，而是从历史到当下的情节推进中，从几种人物关系的演绎中，从淳于宝册的精神成长与时代风云的关系中，从作家真切的生命体验中叙写与塑造人物。在小说的首发式上，张炜坦诚地说："我期待你们从中能读到自己。我觉得这里边的每一个人物中都能找到我个人。"[2]他的话揭示了真实与虚构之间的联系，让读者更深地体悟小说人物的心路与自己人生经历的联系，感受人性的丰富和时代的嬗变。

《艾约堡秘史》中独特的人物淳于宝册起伏的人生，他内心的冲突，他面临的选择，吸引着读者的阅读和理解，与人物对话的过程也是当代读者思索、审视自我和时代的过程。他的"心灵史"记录着他走过不同的历史阶段，他的精神成长过程留下的重大情节，同时是张炜对时代重要、迫切的精神疑难展开有力的追问。

张炜的写作的过程不仅仅是提问、发现与揭示；也是提炼、回应与塑造，在写实的力量中透出诗意的光芒。《艾约堡秘史》是他直面当下这个动态、复杂，身在其中的现实世界的一次创作实践，体现着他真实的价值取向、思考深度和艺术创造力，也体现着中国当代作家的问题意识、思想资源以及文学追踪现实的能力。

一部厚重的、让人掩卷而思的长篇，离不开作家独立而深入的思想能力，看见现实之下的历史，看见命运之中的人性，而优秀的作家往往将思想隐没在叙述的峰峦中，人物的塑造中，小说的结构中。张炜在一次对话中表示，小说中思想

---

[1] 张炜：《艾约堡秘史》，湖南文艺出版社，295页。
[2] 《艾约堡秘史》："对当下生活的文学强攻，对时代命题的诗性回答"，《潇湘晨报》，2018年1月13日。

的深邃力量往往藏在浑茫的文字深处，当读者合卷离开时，它们会不声不响地一直追随着他们。他对艺术技巧自觉而敏感，在创作中注重思想和艺术技巧的深度融合。

纵观张炜的创作历程，他始终怀着文学雄心，坚守精神高度，保持写作难度，不断挑战自我，以四十多年的不懈耕耘，创作出当代文学中富有生命力的文本，人物群落中的"新人类"。无论是80年代里程碑式的作品《古船》《九月寓言》，气势恢宏的《你在高原》，还是神奇丰厚的《独药师》，以及直面当下回应时代命题的《艾约堡秘史》，都始终关注中国百年来历史大潮的走向，生动呈现时代嬗变中纷繁复杂的社会生活，深入描摹人物丰富的内心世界和人生轨迹。他的人物是行走在阳光和月光下的大地之子，他的小说是写实高原上的诗意之花。

张炜作品国际学术研讨会暨第二届中国文学国际传播上海交大论坛综述

赵思琪　　（上海交通大学外国语学院，上海　200240）

摘要：2019年9月13日至15日，由上海交通大学外国语学院多元文化与比较文学研究中心主办的"张炜作品国际学术研讨会暨第二届中国文学国际传播上海交大论坛"在上海交通大学徐汇校区成功举办。会议以嘉宾主旨发言、圆桌讨论、嘉宾对话三种形式展开学术交流。来自国内外知名高校和科研院所的四十多位中外文学界专家、译者参与论坛，围绕张炜作品的文学创作艺术与人文内涵、中国当代文学的外译、传播与接受等议题展开探讨，引起学界与社会的广泛关注。

关键词：张炜　中国文学　国际传播　上海交通大学论坛

上海交通大学以服务中国文化"走出去"的国家战略为宗旨，秉承"学科融通、文化传承、中西互鉴"的学术理念，一直致力于推动中国文学国际传播的有益尝试。继2018年首届中国文学国际传播上海交大论坛取得丰硕成果后，2019年9月13日至15日，由上海交通大学外国语学院多元文化与比较文学研究中心主办的"张炜作品国际学术研讨会暨第二届中国文学国际传播上海交大论坛"在上海交大徐汇校区成功举办。会议以嘉宾主旨发言、圆桌讨论、嘉宾对话三种形式展开学术交流。来自中国社会科学院、复旦大学、南京大学、上海外国语大学、华东师范大学、美国西肯塔基大学、日本一桥大学、韩国仁荷大学等国内外科研机构和高等学校的四十多位中外文学界专家、译者济济一堂，共襄盛举。与"文汇讲堂"携手举办的"心灵世界的多维解读"嘉宾对话会，吸引了300余名听众参加。上海交通大学党委副书记周承、文科处处长吴建南致开幕词。上海交通大学外国语学院副院长、多元文化与比较文学研究中心主任彭青龙分别主持了论坛与对话会。中国作协副主席、茅盾文学奖得主张炜亲临论坛，分享了其四十载勤勉笔耕的创作理念与时代感悟。会议围绕张炜作品的文学创作艺术与人文内涵、中国当代文学的外译、传播与接受等议题展开探讨，引起了学界、译界、媒体及社会的广泛关注。

文学是沟通人类心灵的桥梁，也是文化价值观的重要表征。中国文学的国际传播是中国文化"走出去"国家战略的重要方面，也是推动中国文化软实力建设的重要途径。通过发掘和研究中国文学的人文内涵与世界价值、翻译和传播中国文学经典、在海外主流刊物上发表推介中国文学的文章，有助于消除文化隔膜，增进理解和信任，这需要中外文学界的专家学者、国内外翻译家的共同努力。会议希望通过跨国界、跨学科、跨语言的研讨交流，推动中文界与外语界联合、联手、联动，团结协作共助中国文学国际传播。

一、张炜作品的文学创作艺术与人文内涵

文学作品是时代的产物，带有民族精神与地域文化的烙印。好的文学作品能够扣响时代之弦，让乐音在时间与空间的维度上不断传播，超越年代与地域的局限，引起不同读者心弦的共振。作为中国当代文坛的标志性人物，张炜为国内外读者奉献了《古船》《九月寓言》《你在高原》《独药师》《艾约堡秘史》等十余部优秀的文学作品，共

计1800余万字。自1993年来，其作品被翻译成20多种语言，在世界范围内传播。张炜笔下充满诗意的文字，彰显了他对历史记忆、文化传统和时代现实的理性思考，表现了其独特的文学创作思想和艺术风格。

稳定、独特的文学风格是一个作家创作艺术渐趋成熟的标志。在宏观层面把握张炜文学作品的风格是本次研讨会的首个关注重点。中国社科院外国文学研究所所长陈众议教授在"风格——评张炜最新小说"的主题发言中指出，张炜与其同时代作家的不同之处在于，他是理性的外国文学读者，在语言、结构上没有被"洋化"，始终坚定守护中国文学语言传统的"纯正性"，堪称中国文学传统最清醒的守望者，其风格可用一个"正"字来概括。他又强调，张炜的作品貌似传统，却超越传统，充满了应时应事之宜，内容与形式、机巧与风格水乳交融，是创造性继承、创新性发展。复旦大学中文系陈思和教授就风格议题发表了不同见解。他认为张炜作品风格的独特性体现在其作品熔抒情性、自然性与民间性为一炉，透露着一种"野"劲，非"正"所能涵盖。他认为张炜的"野"体现在抒情诗一般的语言背后有宏大的自然观以及独特的民间性来支撑。两位中外文学界的大家就风格的争鸣展现了各自的学术风采与学术智慧，为会议营造了友好的学术交流氛围。事实上，对中华文化传统的"守正"并不与自然性和民间性的表达相排斥，"正"与"野"看似对立，又有内在联系，这恰恰体现了张炜叙事作品的内在张力和丰富内涵。

在探讨张炜文学风格的基础上，与会学者进一步分析了张炜作品中的文体特征及叙事艺术。华东师范大学金雯教授从文体视角分析张炜作品的语言特征，回应了陈众议教授的观点，认为张炜创新性地继承了中国叙事传统。她提出张炜作品中突出的抒情性可以理解为一种"散文化"特色，所谓"散文化"，就是将作者的态度、思索和语气赋予其笔下的人物，用一种精神旨归统领整部作品。通过对《九月寓言》的文本分析，金雯指出张炜在借鉴、吸纳西方小说叙事长处的同时，也延续了中国"散文化"小说的脉络，创新性地融合了中西叙事手法，但与莫言等作家迎合西方范式不同，张炜始终坚韧地守护中国叙事传统。中国社会科学院外国文学研究所副所长程巍教授聚焦张炜文学创作中的"消极感受力"，认为张炜从当下充满强大的政治意志、启蒙意志与个人意志的时代现实中抽身，用不疾不徐的叙事节奏构建了一个消融二元对立的消极自由世界，将古今历史、万事万物从被囚禁的状态中释放了出来。上海交通大学尚必武教授以《古船》中洼狸镇百年来的众生百态与历时变迁为例，分析了张炜小说中所表现出的事件性和"去事件化"之间的叙事张力。他认为一方面，小说固然以对土地改革、"文化大革命"、集体公社等的书写在历时轴线上凸显、强化作品的事件性；另一方面，作品又暗暗诉诸了齐泽克所言的"去事件化"的写作策略，让轰轰烈烈的事件归于平静。这种叙事暗流背后的动因是一己私欲与利他性理想的角逐，这例证了张炜艺术创作的"守正"思想。

张炜坚定地拥抱传统与时代，但对写作潮流始终保持审慎的态度，坚持将个人作品扎根于历史与土地。复旦大学郜元宝教授称张炜所著卷帙浩繁，但万变不离其宗，他的作品始终扎根于时代现实，将古典与现代、东方与西方联系起来，让千年的中国文化传统在文脉中流动。苏州大学王尧教授称张炜是"错位中的先锋"，认为其思想和创作与现实构成了一种错位的关系，他不在潮流之中，或率先，或滞后，张炜没有利用某种意识形态去诠释，也没有被某种现实主义的潮流所干扰，他的作品却因此具有了先锋意义。"错位中的先锋"一语中的，道明了张炜与潮流的关系，引起了中外文学界多位学者的共鸣。吉林大学张丛皞教授以《独药师》和《白雪乌鸦》为例，分析了张炜历史小说的独特性。他认为张炜的历史小说没有顺应20世纪80年代以来的潮流对历史进行虚化处理，而是极力抗拒秉持正史和虚化历史的两级倾向，挖掘和尊重原型历史，以史融诗，以诗证史，并深切关照时代命题，积极融入理性的中西文化发展的文明史观，渗透着人类价值共同体的基本理念，开拓了历史小说创作新维度。

张炜作品中的人文关怀虽生根于中国大地，

却跨越了地域与文化的局限,引起海外读者的共鸣,因此极具世界价值。上海交通大学何言宏教授认为《古船》具有"历史先知"般的杰出与卓越。在20世纪80年代的历史语境下,张炜展现了与60、70年代国际主义的人文关切不同的"世界人文的中国思考",这在大地、历史、文化、政治和人性等基本主题,以及人物型构、叙事艺术和语言策略上,均有深刻的体现。上海外国语大学周敏教授探讨了《古船》对乡村共同体想象建设的意义。她指出,与埃斯波西托的通过"免疫和移植"的生命政治策略来保存共同体的设想不同,《古船》依赖于个体和个体的伦理道德,这反映了将乡村共同体依托于个体对共同体的回赠之上的愿景。她认为独具中国特色的乡村共同体想象成为了《古船》至今意义非凡的重要原因之一。韩国仁荷大学洪廷善教授以儿童文学《寻找鱼王》为例,指出其背景、人物、叙事方式虽均与韩国民间儿童文学不同,但字里行间透露出的"人与自然和谐共生"的思想观念对韩国读者而言是亲切又熟悉的,因此受到读者的欢迎。

二、中国当代文学的外译、传播与接受

中国文学走向世界的过程包括创作、翻译、传播、接受等多个环节,环环相扣,紧密相连。正如上海外国语大学宋炳辉所言,中国当代文学本身的内在价值,即文学作品的审美价值和在内容和形式上的创造性,是在世界范围内获得广泛关注和肯定的前提;其次要意识到中国当代文学从翻译、传播、接受,再到产生广泛的影响是一个长时段的跨文化对话过程。

相较其他的文艺形式,文学的特殊性在于其内涵经过了语言文化的编码,在不同的文化语境中,需要通过翻译进行解码和再编码,因此翻译是文学国际传播的基础。如何看待作家与译者的关系、如何评判译文的质量成为了翻译研究的重要问题。日本一桥大学汉学家坂井洋史教授作为《九月寓言》日译本的译者,提出作者和译者之间要建立一种对话的关系,这样的对话可以使阅读和理解更加深刻,并提高翻译的精确度和忠实度。他回忆了在翻译工作中与张炜书信往来的细节,并阐述了作者的意见与建议对于翻译工作的重要性。例如,在如何处理《九月寓言》中方言、土语等具有强烈地方色彩的语言问题上,张炜建议用日本某一地区的方言翻译书中胶东半岛的方言,这为他的翻译工作带来了有益启发。广东外语外贸大学褚东伟教授结合自身翻译张炜作品的经验,指出翻译家的创造力应体现在对原著纹理脉络的把握和对文本细节的重建上。翻译家应该尽一切可能贴近原作,以一种可以被接受的方式细致入微地再建原文的机理,使译文像原文一样遵循着同样的脉络、以同样的节奏自然地流动。同济大学吴赟教授基于张炜外译作品少的现象,探讨了作家介入翻译过程的利弊,及其对中国文化"走出去"的启示。研究发现张炜在英语世界的译介作品数量较少,与其高产的事实形成反差,其原因在于张炜本人介入了翻译过程,对译文进行严谨慎重的审核,坚持要求保留作品地域性、民族性特色。她提出对翻译质量的考究不能只关注故事的传奇性与情节性,还应重视文学语言风格的完整性。她认为张炜的实践给中国文化"走出去"战略的实施提供了一个重要启示,即不能为了实现对外交流的目的而影响作品品质,应捍卫中国文学本身的精神与气质。上海师范大学朱振武教授的发言围绕如何看待翻译与阅读市场的关系展开。通过分析葛浩文的《古船》英译本,他总结出《古船》获得市场成功的两方面因素:一是异化以求忠实,二是归化以求接受。这种调整是出于适应目标语市场的需要,而非改头换面。中国文学要想真正走出去,就是要培养、引导读者和市场,推出文学性强、艺术成就高和民族特色鲜明的好作品,而不是为了满足目标语读者或市场的要求而刻意增、改、删。

部分学者认为中国文学能否切实有效地"走出去",固然与翻译有着密切的关系,但更有不少关键问题在翻译之外。上海外国语大学谢天振教授指出,中国传统的"只要作品翻译得好就不愁没有市场"的观念是在外国作品"译入"的语境下形成的,其背后是对先进文化的需求,是强势文化向弱势文

化的输出。而中国文学、文化外译的情况则截然不同，因为国外受众对中国文学、中国文化的渴求相对较弱，因而以译入的经验去指导今天的译出，是难以取得成功的。他以利玛窦的宗教外译为例，认为其成功的原因有二：一是抛弃了以我为主的理念，在外译过程中积极适应对方的要求；二是在译介时，有意识地找出彼此间相通的东西。因此，他认为中国文学外译的关键在于厘清译入和译出的关系，设法让英语世界对于中国文学、文化产生兴趣。上海交通大学刘建军教授的发言围绕"中外文化交流中的文学标准由谁制定"的问题展开。他认为中国文学外译标准必须由中国作家和中国文学研究者来制定。他提出一个好的叙事性作品需要遵循四条标准：一是必须得有引人入胜的细节和经典的场景，二是必须要有地方性和时代性的知识，三是必须具有丰富的哲理性，四是必须具有有味道的语言。文学标准的问题关乎审美内涵与价值观，刘建军的观点提醒我们在"走出去"的背景下需保持警惕，应在制定中国文学外译标准过程中发挥主体作用。

了解张炜作品的海外传播与接受情况，对于更好地推动中国文学"走出去"，推进中国文学国际传播能力建设，具有重要的现实意义。山东省文艺创作研究院副院长宫达指出，中国当代著名作家张炜的作品在海外持续近三十年的传播与接受，是中国当代文学与世界文学展开良好对话的表征。从整体上看，1993年至今张炜作品的海外译介和传播呈现时间长、空间广、语种丰、种类多等四方面主要特征。山东师范大学顾广梅教授指出，张炜作品的接受大致分为两种途径，一是海外汉学家的接受与研究，二是翻译者的接受与研究。研究发现，海外研究者特别看重张炜作品中的地方性、时代性、人类性和世界性特色。上海交通大学都岚岚教授从世界文学的研究视角出发，探讨了以张炜作品为代表的中国文学在世界文学关系网络中的流通。她认为世界文学体系、世界市场与意识形态之间关系复杂，按占有文学资本的比例可分为中心、边缘和半边缘地区，中国当代文学虽然尚处于中心以外区域，但这不意味着其海外传播就处于不变的劣势中。她首先肯定张炜的作品是世界文学体系中的一部分，且处于动态的全域关系网中。其次，她认为张炜作品的跨文化流通具有事件性特点，研究者应关注译本在跨境流通过程中如何影响或改变目标文化读者。

论坛与嘉宾对话会主持人上海交通大学彭青龙教授认为，张炜身上有难能可贵的"三淡"精神，即淡泊、淡雅、淡定，这使得他能够创作出一部部优秀的作品，成为中国当代文坛的杰出代表。在中国文学的国际传播过程中，作者、译者、出版商、读者一同构成了一条知识生产链。因此，中国文学国际传播不仅是语言的问题，更是国力的问题。他呼吁中文界与外语界的学者积极开展对话交流，相互取长补短，共同为中国文化软实力建设添砖加瓦。

张炜在致辞中向与会专家、学者和译者表示感谢，并分享了自身从事文学创作的感悟与对中国文学海外传播的看法。他认为作家无法选择时代，唯有面对当下的时代现实，解决问题，走出困境，才能迎接喜悦、获得成果。他坦言自己在写作中借鉴了很多西方经典文学的艺术手法，但更注重从中国古典文学中汲取力量。面对中国文化"走出去"的时代呼唤，他认为写作、学术、翻译、传播相互联系，但又有各自的规律与要求。好的翻译作品旨在传播语言艺术，不能急于求成，一定是作者和译者两个人合作产生的新的生命。张炜认为，过分苛刻的要求不利于文学传播，同时也会破坏作家写作的心态。在漫长的文学创作道路中，他始终把写作当成最大的乐趣，尽可能淡薄功利，同时充分尊重读者的文学阅读能力，通过大量的写作努力讲好故事，并将作品视为独立的生命[1]。

本届中国文学国际传播上海交通大学论坛在首届论坛成功举办的经验基础上，深入推进跨国界、跨学科、跨语言的学术探讨与对话交流，集聚各方研究优势，开拓多元研究视角，取得了重要的学术成果，这为加快中国文学"走出去"，推进中国文学国际传播能力建设，提升中国文化软实力提供了可行路径。

---

1 张炜：《当代作家要警惕聂鲁达描绘的"黄昏广场叫喊"》，http://wenhui.whb.cn/zhuzhanapp/jtxw/20190916/289586.html?from=singlemessage&isappinstall ed=0&timestamp=1572850543546.

English Abstracts

About Zhang Wei's Work and His Novel Style
Chen Zhongyi 1

Abstract: Zhang Wei's novels are famous for a consistent style featured by the standard and elegant use of Chinese language — a quality rare in contemporary Chinese classic writers and homage Zhang pays to great literary tradition. Thus, Zhang's work may look orthodox but delve deeper, it embraces innovative ideas in response to present times and situations. Zhang frames his stories within a graceful writing style, mingling ingenuity with tradition to produce his work. In other words, his work is embodied by a creative development of the past and his latest two novels (*The Secret History of Aiyue Castle* and *Single Pharmacist*) by no doubt serve as a concrete expression of that trait.

Keywords: Zhang Wei's novel style; tradition; innovation

On the Translation of *A Hedgehog's Song* by Zhang Wei Given His Language Characteristics
Yuan Haiwang 7

Abstract: Zhang Wei's novel *A Hedgehog's Song* is an allegorical masterpiece. Like a magnificent scroll painting, it captures the historical changes of China happening in the past century, particularly in the past few decades. Through an assortment of characters, human and nonhuman, Zhang Wei prods his readers to reflect on the impact of human activities such as wars, revolutions, political upheavals, and economic development on both the natural environment and the human beings in terms of their relationships with nature, with others, and with themselves. Zhang's literary masterpiece has resulted from his three-decade herculean effort. In terms of its language, *A Hedgehog's Song* is characterized by unrestraint, majesty, and singularity as well as delicacy and exquisiteness. It's full of mountain-swaying power and heart-wrenching tenderness at once. It's also characteristic of precision and accuracy. Full of unique imagination and creativity, it's poetic at the core. Besides, making good use of vernacular, the language is vivid and down-to-earth, breathing life to each of the human and animal characters that the author has created. How to translate such a masterpiece and convey its literary beauty to English-speaking readers not necessarily familiar with the Chinese language and culture is a huge challenge. This paper is an attempt to share the translator's experience in transcribing Zhang Wei's *A Hedgehog's Song* using both the dynamic function and hermeneutic theories of translation.

Keywords: Zhang Wei; *Hedgehog's Song*; translation; dynamic function; hermeneutics

The Man Bearing the Torch of Spirit—A Discussion about Zhang Wei's Literary View
Luan Meijian 19

Abstract: Zhang Wei's unique view of literature was formed by his melancholic juvenile experience, a deep affection for Russia, and the influence of specific regional culture. He is opposed to materialism, hedonism and commercial civilization, deeming that money corrodes everything in the commercial age. "Corruption in official circles, technologism in the scientific field, and kung fu fiction in literature world...they appear simultaneously, as a trinity." Zhang expresses his admiration to poets without reservation. The commodity economy is sweeping like a tide. Under such a muddied background, his poetic notion about writing is just like a torch in the long and dark night, appearing strong and lofty, which warms people's hearts and lights their prospects. However, his plain understanding of the stories and language of novels is somewhat excessive, which seems remote from the reading taste of the public to some extent.

Keywords: Zhang Wei's view of literature; commodity economy; Zhang Wei literature; torch of spirit

Cultural Turn Viewed from *The Secret History of Aiyue Castle*
Qiu Tian 29

Abstract: Zhang Wei's *The Secret History of Aiyue Castle* marks a cultural turn. The novel shifts from "dual thinking" to "multiple thinking," responding to the question of "anti-modernity," and tears off the label of "moral idealism." The author is deeply concerned about the "desolate disease" embodied in moral ethics and spiritual emptiness arising from the transformation of China's economy. The narrative style has turned from vague to searing, breaking the utopian illusion. The author uses the "typical character" to show us aspects of social problems, raising the questions of love, desire and people's pure hearts under the trial of commercial temptation.

Keywords: Zhang Wei; cultural turn; multiple thinking; typical characters

Innocent Poet and Lonely Dreamer in the Age of Materialism: A Preliminary Comment on Zhang Wei
Zhao Yuebin 36

Abstract: Zhang Wei's literary career has been lasting for nearly half a century. He has created an idiosyncratic and thought-provoking "I" throughout thousands of words that speak straightforwardly to his time. A sophisticated world in which heaven, earth, humans, and spirits were connected and history collided with reality has been mapped out for his endurance and will like a Saint. He is an innocent poet. "Poetry" is not only the goal he is longing for, but also the base of all his literary creations, and the driving force of his self-confidence and accomplishment of "the great." For him, writing is a long process of speaking and the communication between his soul and the world. He found a Chinese way of survival, which also revealed how the retreat is defense and defense is an offense. Like a lonely dreamer returning from the real world to the hidden world, Zhang Wei is going to poetry out of the shadow of non-poetry and found his own "god" in the background of "blasphemy."

Keywords: Innocent Poet; childhood spirit; old place complex; a lonely dreamer

Looking Up on Poetry: Zhang Wei's Poetic Writing Thought—Talking from Zhang Wei's Speeches
Zhang Xin 47

Abstract: Zhang Wei's poetic writing thought is embodied in all aspects of his literary creation, including novels, essays, and speeches. The author finds that the existing research on Zhang Wei's poetic writing thought is mostly based on his novels. However, imagination and fiction in the novels will inevitably affect the authenticity and accuracy of the research. Relatively speaking, if you want to study Zhang Wei's poetic writing ideas, you can't do without analyzing the text of his speeches. Moreover, there is no more precedent for studying Zhang Wei's poetic writing thought through speeches. In fact, Zhang Wei's poetic writing thought is pure literary creation. The process of poetic writing is also Zhang Wei's tenacious expression of himself. His poetry writing has four characteristics: its nature of recall; extremely personal language; constantly being republished and it is recognized at a higher level of reading.

Keywords: poetic writing; pure literature; speeches; childhood

Land Community Writing in *September's Fable*
Huang Jiawei 56

Abstract: In *September's Fable*, Zhang Wei depicts a living picture of a primitive and wild ecological village. Applying the Land Community Theory of Aldo Leopold, through sorting out the pyramid structure of the village, this paper finds the integrated relationship between the land and all the plants, animals, and humans that grow on it and the wildness they co-present and analyze the multi-level, multi-dimensional pain brought to the land community by the industrial civilization. This paper also reveals the infeasibility of human beings to separate themselves from the land community and attempts to evoke the ecological conscience of mankind.

Keywords: Zhang Wei; *September's Fable*; land community

Zhang Wei's Time Misdiagnosed Cases—On the Desolate Disease in *The Secret History of Aiyue Castle*
Zhao Jingqiang 61

Abstract: Many important characters in Zhang Wei's novels suffer from a kind of spiritual illness. In *The Secret History of Aiyue Castle*, Zhang named it as "desolate disease," but it is a misdiagnosis. There is no qualitative difference between the series of "guardians" in Zhang Wei's novels. In fact, they are all bearing some mysterious "illness from wildness and heat". The "wildness" stems from the madness of material civilization. The "heat" represents the struggle and persistence that refuse to retreat, and the "illness" breeds and multiplies from the gap between the two. It is difficult for doctors to self-medicate. For the desolate world and the indifferent crowd, it is a disease. For writers who are "patients," it is a non-disposable conscience!

Keywords: Zhang Wei; "time misdiagnosis"; *The Secret History of Aiyue Castle* ; desolate disease; "wildness heat illness"

Where Does the Heart Go—Analysis of Chunyu Baoce's Image in *The Secret History of Aiyue Castle*
Li Xiaoyan 71

Abstract: *The Secret History of Aiyue Castle* is another long work written by Zhang Wei after he won Mao dun literature prize. In his novel, Zhang Wei portrays the image, Chunyu Baoce who was born in the 1950s and developed gradually through hardships into a Chinese private entrepreneur. This book reveals the mystery of the history of the rise of some rich people in China and explores the marriage and love life of a trendsetter of the times. Tracing the spiritual growth and trek of a modern person, this book carries forward the unyielding spirit of struggle, shows the spiritual predicament and self-reflection of modern people, highlights the strong sense of life care, embodies rich traditional Chinese culture, and has special ideological and artistic value and realistic critical significance.

Keywords: *The Secret History of Aiyue Castle*; Chunyu Baoce; spiritual pursuit

Spiritual Exploration Between Modernity and Tradition—The Characterization and Anthropological Context of Zhang Wei's Novels
Wang xueying... 79

Abstract: How do individuals in the era of globalization build their own spiritual highlands between modernity and tradition? This article takes Zhang Wei's novels *The Secret History of Aiyue Castle* and the *Single Pharmacist* as examples to analyze how the character's spiritual history is reflected in the character-shaping and plot development of the novel, deep into the inner world of the character, and looks back at the turbulence. The history, in the process of facing complex reality, traces the spiritual adventures of the characters, presents the deep connection between the individual and the times, and reflects Zhang Wei's true value orientation, depth of thinking and artistic creativity, as well as the problems of contemporary Chinese writers. This thesis will reflect the consciousness, intellectual resources, and the ability of contemporary literature writers and also analyze the ideological connotation and artistic rhyme of Zhang Wei's novels from the perspective of character-shaping and anthropological context, and presents the poetic aesthetic concept of Zhang Wei's novels.

Keywords: spiritual history; character-shaping; face-to-face reality; modernity; anthropological context

A Systematic Review of International Conference on Zhang Wei's Works and the Second SJTU Forum for International Communication of Chinese Literature
Zhao Siqi 85

Abstract: From September 13th to 15th, 2019, the International Conference on Zhang Wei's Literary Works and the Second SJTU Forum for International Communication of Chinese Literature were successfully held on Xuhui Campus by the Center for Multicultural and Comparative Literature of the School of Foreign Languages, Shanghai Jiao Tong University. Academic communication was realized through three forms: keynote speech, roundtable discussion, and dialogues between guest speakers. More than 40 experts of Chinese and foreign literatures and translators from renowned research institutes and institutions of higher education at home and abroad participated in the forum to discuss the topics on literary craftsmanship and humanistic connotation of Zhang Wei's works, as well as the translation, dissemination and acceptance of Chinese contemporary literature, which drew extensive attention of academic circles and the society.

Keywords: Zhang Wei; Chinese literature; international communication; SJTU Forum

图书在版编目 (CIP) 数据

比较文学与跨文化研究.2021.1：张炜专辑／彭青龙主编．—— 北京：外语教学与研究出版社，2021.11
ISBN 978-7-5213-3241-4

Ⅰ．①比… Ⅱ．①彭… Ⅲ．①比较文学－文集②比较文化－文集 Ⅳ．①I0-03②G04-53

中国版本图书馆 CIP 数据核字 (2021) 第 263206 号

出版人	王　芳
责任编辑	程　序
责任校对	闫　璟
封面设计	黄　浩
出版发行	外语教学与研究出版社
社　　址	北京市西三环北路19号（100089）
网　　址	http://www.fltrp.com
印　　刷	北京虎彩文化传播有限公司
开　　本	889×1194　1/16
印　　张	6
版　　次	2021年12月第1版　2021年12月第1次印刷
书　　号	ISBN 978-7-5213-3241-4
定　　价	22.90元

购书咨询：（010）88819926　电子邮箱：club@fltrp.com
外研书店：https://waiyants.tmall.com
凡印刷、装订质量问题，请联系我社印制部
联系电话：（010）61207896　电子邮箱：zhijian@fltrp.com
凡侵权、盗版书籍线索，请联系我社法律事务部
举报电话：（010）88817519　电子邮箱：banquan@fltrp.com
物料号：332410001